TIME IS STILL THERE

时光
还在那儿

黄云贵　著

中国海洋大学出版社
·青岛·

目 录
CONTENTS

遇见他的"视界"

我和青岛同德眼科医院黄云贵院长的初识，是在2007年他到中山眼科中心眼底病治疗中心进修之时，他特别指定要跟着我学习视网膜脱离外路显微手术和玻璃体手术。那时他给我的第一印象是此人年纪比我还大，已经是五十多岁人了，还这么好学，远道来进修！因为我也是年纪很大才起步学习眼底病手术，所以和他惺惺相惜。

在进修的三个月里，他态度认真，勤学好问。由于是重新做学生，很多眼底病手术的基本知识和技能得从头学起，对于他这么大年纪的人来说，显得有些不适应。但他毫不气馁，每天都早来晚归，和年轻进修医生一样，不耻下问，虚心好学，十分渴望早日掌握眼底病手术技术。

到底是有着一定沉淀的老医生，很快我就发现黄院长对新知识接受能力非常强，悟性很高，具体表现在动手能力上，一点就会。三个月的进修时间一晃就过去了，但我们之间却结下了深厚的友谊。

黄院长为人谦虚，待人真诚，对眼科事业有磐石般坚强的毅力，孜孜不倦地追求青岛同德眼科医院的创新和发展。为了快速提高青岛同德眼科医院眼底病诊疗水平，更好地服务当地患者，2008年春，黄院长正式聘请我为青岛同德眼科医院首席眼底病专家，开展定期到青岛同德眼科医院诊疗眼底病疑难杂症的合作，并为医院培养年轻医生。我带过的江崇祥、黄华和黄立群医生，很快就成为青岛同德眼科医院眼底病专家，目前都能独立诊断和手术治疗各种眼底病，已成为当地眼科界的新起之秀，为推动青岛眼底病事业的发展做出了贡献。经过13年的长期合作，青岛同德眼科医院的眼底病专科也取得了长足的发展。

十几年前，我初到青岛同德眼科医院，那时四层新大楼刚落成。我记得只有一个眼科专科，还没有开办其他专科。大楼一层是门诊，二楼是住院部，三楼是半层病房和半层手术室，四楼是其他后勤科室。眼科各科设备齐全，已是当地一家大规模的眼科专科医院了。后来我才了解到，青岛同德眼科医院的雏形是黄院长创立的一家眼科诊所，不禁惊讶和由衷佩服。黄院长和同事们艰苦奋斗，一步一个脚印，持续不断地为广大眼病患者热心服务，得到了当地百姓的认可和支持。医院靠着自我积累和滚动发展，逐年扩大规模，慢慢发展成一家专科医院。如今医院拥有先进的眼科设备，拥有专业的眼科人才，已形成了以眼科为龙头，口腔科、内科、外科和妇产科协同发展的综合性医院。我亲历了青岛同德眼科医院近十来年的发展：院区扩大了一倍，并在城阳建立了分院，在青岛城区开设了视光学门诊，还添置了大型检查和治疗设备，如CT和飞秒激光等世界先进的医疗设备。在黄院长的领导下，医院正逐步形成学习"梅奥"精神的氛围，注重医疗品质，践行"患者需求至上"的服务理念和医院文化，正向着现代化的临床综合医院高歌猛进。

作为黄院长的好朋友和一直惺惺相惜的同行，当他邀请我给他的新书写序言时，我欣然接受。我抽空到他提供给我的微信公众号"H先生的视界"里读了几篇，深感黄院长不光是一个临床经验丰富和管理才能出众的眼科专家，还是一位文采斐然的作家。他围绕个人经历进行写作，或是随笔，或是感想，或是杂谈，对人和事的描写，引人入胜。在《我当年的"青岛老师"》一文里，一位年轻帅气又多才多艺的老师映入我们的眼帘。他一专多能，教书育人，给全村老百姓和孩子们带来希望。也看得出当时年幼的黄云贵是多么渴望知识，"青岛老师"对小云贵的人格影响让他终身受益。在《花为媒》里，黄院长回忆了他传奇的恋爱经历。一切起因于对花欣赏，由花生情，春花荡漾，喜结连理，最终开花结果，留下一段佳话。黄院长还满怀对眼科事业的执着和对患者的关爱，写下了很多形象生动和通俗易懂的眼病科普文章……

相识多年，我只知道黄院长在医术上孜孜求索，在管理上精益求精，如今又见识了他的文章居然也如此文采斐然、充满哲理。科普、游记、散文、诗歌、随笔等等，信手拈来。看了他的文章后，你就知道我的这位老友有多么热爱生活，多么重情重义，多么积极向上……

作为同行和好友，我倾情推荐此书，我希望更多人遇见这些蕴藏在字里行间的满满正能量，遇见眼科医生眼里的真善美，遇见他的"视界"。

中山大学中山眼科中心教授　刘文

2020年12月22日

温情科普，科普温情

第一次读到H先生公众号的文章，是那篇《茶余小记》："茶叶在水的激荡下浮沉、伸展，慢慢飘出茶香……一杯茶就是一场人和山水的因缘际会……人呢，活在当下，四面八方，身动于浮世，就像茶叶被沸水一遍遍冲荡，却最终从浮到沉，返璞归真……"真乃妙笔生花，令人爱不释手，我忍不住一口气读完之前的所有文章，H先生谦逊、温良、真诚、睿智的形象陡然鲜活起来。

作为眼科行业的专家前辈和创业楷模，H先生亦即青岛同德眼科医院的黄院长，在行业内享有盛誉，有幸与他相遇、相识、相知，相处如沐春风，温暖自如。而我此前竟不知H先生的文字居然也如此治愈。

这是我见过最温情的科普，也是最科普的温情。对爱情，他"憨乡医醉恋芍药香"；对亲情，他"时光啊，你觉得她走了，其实她一直在那儿"；对老师，他"等到秋天，丰收的季节，我会再来看望她"；对患者，他"要把宇宙之光，送到黑暗的地方，送到需要光明的地方"；对家国，他"要珍藏好这张地图，多邀请外国友人来看看现在的中国"……干眼症、白内障、近视、弱视、飞蚊症等眼科科普知识穿插其中，H先生的专业和关怀跃然纸上，毫无违和感。

应该在半年前，我建议H先生发表他的作品。H先生微微一笑，品一口崂山绿茶，风轻云淡："随手写写，自娱自乐，不值一提。"半月前，饮酒至酣畅时，H先生突然说："可不可以把公众号的文章编成一本书？"许是茶与酒的催化不同。我举双手赞同！随即毛遂自荐，想为这样一部动人的作品做小小的注脚。

由衷为H先生的决定开心，原因有三：一是文字的魅力需要在纸上呈现；二是从关爱眼健康的角度应该远离手机；三是作品可以得到传统意义上的发扬和保存。

再次拜读H先生的文章，再次走进他的"视界"，学习他的学习，感悟他的感悟，涤荡他的涤荡。在这个秋风萧瑟的季节，我感受到了H先生的温暖和光明。

是为序。

史建俊

2020年10月16日于青岛

欢迎光临H先生的"视界"

当今时代是一个伟大的时代。科技革命带来了瞬息万变。

在变化中，有很多东西被淡漠，消逝；也有很多东西被创造，新生。

要想不被时代落下，就要不断学习，适应这千变万化，以自己的方式保住心中的"存留"。

2017年，我突发奇想，决定跟随潮流做点"文章"。于是，我跟着年轻朋友学习，注册了一个微信公众号。就这样，有了"H先生的视界"。

在这个属于自己的"视界"，我一个月、两个月、三个月……又一年、两年、三年……竟坚持了下来。迄今为止，零零散散，写了五十多篇文章。

这其中，有眼科知识，有旅行游记，有生

活随笔，有过往经历，有亲朋好友……一点一滴的记录，充实了我的业余生活。

记录，或者说写作，于我而言，是一个倾诉的出口，亦是一个交流的途径。

二十年前，青岛同德眼科医院刚刚筹备成立的时候，我把其中的艰辛波折、酸甜苦辣，记录在一本又一本的笔记本上。

那些文字，像是相机抓拍的画面，定格、留驻，也像是自己与自己对话，抚慰低迷时的心灵。

翩然时光，稍纵即逝。二十年的风雨历程，随着时代变迁，搁置在书房的一角，成为泛黄的记忆。

如今，我再次寄情于文字，记录、回忆、抒发，不再是默默封存，而是通过平台展现出来，与更多人见面。

我把行医过程中的苦与乐，生活里的见与闻，经历过的甘与甜，记录下来，通过公众号发表出来，分享到我的朋友圈。于是，我的同事、同行、家人、亲朋、患者，甚至是只有一面之交的人就变成了我的读者。

感谢他们的不吝赐"阅"，以及点赞、评论和转发。这种互动和交流，对我来说是一种莫大的鼓励。写作本是孤独的，若是拥有了读者，就不再寂寞。

俗话说，内行看门道，外行看热闹。

作为一个眼科专业的医生，咬文嚼字、遣词造句确实不是我的擅长，唯有让大家"自降身份"，看个真情流露的"热闹"。

感恩遇上了这样的时代！改革开放，国家日益强盛，让个人的梦想在政策的加持下驰骋向前。科技日新月异，给我们带来了先进的生产力，也助推了梦想快速实现。

二十年，风雨兼程，筚路蓝缕，青岛同德眼科医院肩负着"患者需求至上"的使命，一步步发展成为一家以眼科为特色的综合性医院，让光明之梦，照进现实。

感恩我的人生选择！眼科医生这个职业，让我与信息化时代紧密相连。

二十年，科技日益进步，匆匆把我们推进了信息化社会。各种社交平台和载体的更新换代，改变着传统的视觉模式，进而改变着传统的生活和工作方式。

感恩那些读过我的文字，给过我鼓励和温暖的人！

只要有你们，我就有动力继续记录，继续写。

今年是青岛同德眼科医院成立20周年，我把我在公众号上发表过的文章，从网上"搬"下来，整理编辑，成书留念，作为20周年的献礼。因水平有限，书中难免有不足之处。欢迎读者朋友批评指正！

一切过往，皆是序章。二十年是一个总结，也是一个新的开始。

谨以此书献给见证同德成长的人，献给新的开始。

黄云贵

2020年12月

第一篇章

初心

我的行医笔记

为医，不能忘初心
我的一篇行医笔记
我经历过的传染病
虚假宣传不能信！
医院的「风景」正在发生变化
真正的聪明是什么？
两岸民营医疗研讨会——彰化县基督教医院侧记

为医，不能忘初心

　　周日，闲暇无事，在家看了一篇同行的文章，有位小患者为他写了这样一首诗——

从圣洁飞来

彩霞，从阳光来

百鸟，从绿林来

甘泉，从青山来

您呵，敬爱的人

从何而来？

披着彩霞的霓裳

佩着百鸟的斑斓

捧着甘泉的清澈

来了，

只轻轻地，轻轻地

弹指一瞬

那神异的灵光啊

透进了我的心里

他的心里

汩汩地

涌进了我们的眼里

我们，看见了

看见了——

您和乌云对弈

您和黑夜亮剑

您和浊秽交锋

您啊，赤诚的人

从圣洁飞来

向浩远飞去

　　简短赤诚的一首小诗，让我感动之余，更加体会到作为一名医生的责任和荣耀。

　　明代裴一中在《言医·序》中说："学不贯今古，识不通天人，才不近仙，心不近佛者，宁耕田织布取衣食耳，断不可作医以误世！"

　　医者佛心。医生是一种光明神圣的事业。医生的责任源于对生命的尊重和敬畏，医生的担当承载着患者的托付和信任。

前段时间，青岛同德眼科医院接诊了一位88岁高龄的老太太。这位老太太患有恶性青光眼病，疼痛难忍。

因为病情复杂，接诊的宋主任找我说明情况后，我详细查看了老人病情，认为应该立即手术，随后召集相关大夫做术前评估，制定手术方案，让老人住院观察两天后，给老人实施了前部玻璃体切割和白内障摘除术。

手术很成功。术后，老人疼痛感明显消失，也爱说爱笑了。

此时，老人的儿女才告诉我，他们为了给母亲治病，隐瞒了之前去过别的医院的事实。

他们说，为了给母亲减轻痛苦，辗转去了好几家医院。因为风险太大，人家都不同意给老人手术。后来听别人介绍来同德后，也怕医院不敢给动手术，就隐瞒了之前就医的真相。

听完他们的话，我心生理解，理解他们作为儿女的一片孝心，理解他们作为患者家属的满腹担忧。

除此，我也心生忧虑。救死扶伤本是医院、医生的天职，为何当今社会屡屡出现"不敢收"或者"拒收"患者的医院和医生？

害怕患者没有经济能力支付医疗费？因为医院没有先进的治疗水平？害怕当前医患环境招来棘手的医患矛盾？因为医生没有高超的治疗技术？

这些是根本原因吗？我想不足以成根本。

医乃仁术。无论患者贫富贵贱，都要尽己所能帮助他们解除病痛，恢复健康。患者把身体交给我们，就是对我们的信任，我们理应敬畏和尊重。

作为一名医生，能得到患者的信赖和认可，是最快乐和自豪的事情，付出再多也是值得的。

小时候，受母亲影响，我最初的理想是做一名工程师。后来，阴差阳错，中学毕业后，回村当了乡村医生，从此就和医学打起交道。

当时农村条件差，提倡"一根银针，一把草药"，医生去乡镇医院培训，会在自己身上找穴位、扎针。

在那个缺医少药的年代，医学的神奇和医患间的真情，奠定了我对医生这个职业的认同。

在一定意义上，医生就是人体健康的工程师。

从医30多年，我粗略估算了一下，我一年要做1000多台手术，每台手术、每个病例都有一个故事。

做医生，尤其是做眼科医生，在那么小的"心灵之窗"上，要做到手到病除，就要求精细、准确、干净，不能拖泥带水。

就像小朋友诗里所写的，"和乌云对弈""和黑夜亮剑""和浊秽交锋"。

一台手术少则几分钟，多则需要用上几小时。

方寸之地，却是光明之源。

元代王好古在《此事难知·序》中说："盖医之为道，所以续斯人之命，而与天地生生之德不可一朝泯也。"

这段话的大意是：医生的天职，是帮助延续人们的生命健

康。这种道所体现出来的德和天地长养万物的大公无私之德相
一致。

学医就是一种修道，要救他人的命，修自己的德。

作为医生，一刻也不应缺少这种德。

（写于2018年12月2日）

我的一篇行医笔记

　　两个月前，一个周三的上午，我突然接到朋友老孙的电话："黄院长，我一个亲戚得了青光眼，头痛眼痛得厉害，你快想想办法，给他治疗一下，已经五天五夜没睡觉了，饭也不能吃，愁死了。"

　　"好，今天上午正是我的门诊，你让他过来找我，我看看。"

　　9：30左右，一位40岁左右的妇女，带着老孙说的患者来到我的诊室。

　　"黄院长您好，这是我丈夫，得了尿毒症两年多了，每周去医院透析三次。这些日子突然眼痛，我带着他去了几家医院，医生检查说是继发了'青光眼'，让用点药。因为有尿毒症也不能手术，回来用了药效果也不好。我听俺舅说您的医术好，赶紧来让您给看看，想想办法。"

我接过病历认真看了看。患者年龄48岁，企业工人。右眼疼痛半个月，视力无光感，右眼眼压大于60 mmHg，左眼眼压正常。

我又认真给他做了检查。患者右眼充血很严重，虹膜布满新生血管，前房和眼底都有出血。通过眼科B超查出"脉络膜增厚水肿，眼底也有少量出血"。

这是血液透析引起的严重并发症，药物治疗无效，需手术治疗。但目前患者身体状况很差，免疫力很低，手术极可能导致感染，而且每周只有两天可以做手术（他每周得透析三次）。

现实就这样摆在眼前：做手术，风险太大，患者面临感染及多种并发症；不做手术，患者不能解决痛苦。

这可怎么办？我的内心真是纠结。

考虑再三，我从患者实际情况出发，反复与患者及家属沟通，把手术的必要性和风险性都告诉他们，争取他们理解和配合我的手术。

没想到，患者和家属都很有信心，这对我鼓舞很大。于是，根据经验，我选择了损伤最小、患者痛苦最少的手术方式，做了新生血管青光眼手术。

新生血管青光眼是缺血缺氧导致的，治疗起来很麻烦。我和其他医生反复开会研讨，确认手术方案。

所幸，手术进行得很顺利，患者配合很好。大约40分钟后，手术结束，患者回病房。

第二天我去查房，患者眼压正常了，患者及家属都非常高兴。他们的舅舅，也就是我前面提到的朋友老孙，也来表示感谢。

我说，这个手术现在还不能说完全成功，要经过3个月到半年的观察方能确定。

不巧，术后的第4天，患者家属告诉病房宋主任，已找到了肾源，要马上去做肾移植手术。

权衡利弊，肾移植是救命的，我立即同意患者办理出院。

患者走后，我一直担心他的眼睛，怕青光眼手术不稳定，疼痛影响肾移植手术效果等等。在此期间，我也做了一次电话随访。由于做器官移植手术不便被打扰，我就没再多打扰。

然而就在前天，我又打电话，患者家属说肾脏手术成功一个月了，可以来院复查。

患者米医院一检查，恢复得比我预想的好，眼压已正常，角膜透明，新生血管也消退了。我心中一块石头终于落了地。

我是真为他高兴，也为这个家庭高兴。

话说，看门诊、做手术等等占据了我生活和工作的一大部分时间，日复一日，年复一年。可是，每次能够医治好一个患者，救助到一个家庭，看到他们开心高兴，我就觉得所有付出都值得。

然而，碰到特殊的患者，碰到疑难杂症，到底是应该从患者角度出发为患者着想，还是安分守己，不惹麻烦不担风险，顾及自身的安全？

坦白说，有时的确左右为难。

不过，每每最终用医生的天职战胜内心的纠结，帮助患者挑战风险，战胜病魔，目睹患者康复，比什么都更有成就感。

医患同心，情比金坚。

愿天下无病，人间无疾！

（写于2017年12月19日）

我经历过的传染病

我是从20世纪70年代初开始从医的，先从乡村医生干起，那时候的主要任务就是预防传染病。

20世纪70年代初，我们当地有这几种传染病——麻疹、流行性脑脊髓膜炎、猩红热，主要发生在春天，乙型脑炎、疟疾，主要发生在夏天。

先说麻疹吧，俗称生痧子，每到春季就流行，没有得过的或没接种过疫苗的很难逃掉。麻疹也是一种病毒，是儿童最常见的急性呼吸道传染病之一。染病后，先发热，高烧4至5天，口腔先有科氏斑，继而全身皮疹。等待自身免疫力起来，烧退，皮疹退掉即痊愈。

但可怕的是，麻疹容易诱发肺炎，引起心衰，导致心肺功能衰竭死亡。在当时，这是引起孩子死亡的主要原因之一。

当时医药匮乏，虽然青霉素治疗肺炎有特效，但是供应非常紧张。县医院儿科和内科医生每天只能分几支。医疗条件的不完善，导致不少孩子难逃厄运。

听我母亲讲，我也有两个哥哥，50年代死于麻疹，大哥已经8岁多了。每提起这件事，母亲就伤心落泪。当时没有疫苗，如果是现在，都是可以救治的。我小时候也得过麻疹，当时李崇珂医生在黄家西流村当医生，给我打过青霉素，才治好的。这是后来我给他看病，他告诉我的往事。

再就是流行性脑脊髓膜炎，简称"流脑"。20世纪60年末70年代初，几乎到了春天就会流行流脑，它是由脑膜炎球菌引起的。最可怕的暴发性流脑，毒力很强，发病很快，控制不好很快就会致命。普通型流脑通过青霉素和磺胺嘧啶能有效控制。青霉素的发明为人类做出了巨大贡献，现在还在继续发挥它的作用。

到了夏季，最可怕的传染病是乙型脑炎，简称"乙脑"，乙脑病毒主要通过蚊子传播。这种病毒直接侵蚀人的大脑，导致患者发烧40度以上（超高热），全身抽搐。

我还清楚记得1976年夏，村里有个13岁的孩子得了乙脑。当时我在县医院跟田吉莲主任学习儿科。因为13岁超过了儿科规定的最大年龄，可是为了让孩子得到田主任的治疗，我想尽办法求情，医院鉴于孩子病情严重，终于破格让田主任为孩子做了治疗。术后，经过一个月悉心护理，孩子奇迹般康复，也没留下后遗症。我也算是"徇私"做了一件好事。

再说疟疾，现在大家都明白此病的病原是疟原虫，通过蚊子传播。现在这个病在我们这里已基本被消灭。更令人骄傲的是，我国科学家屠呦呦发明了青蒿素，被世界卫生组织称作"世界上唯一有效的疟疾治疗药物"，为人类健康做出了杰出贡献！

新世纪到来，SARS、禽流感、埃博拉等肆虐全人类。这些令人猝不及防的病毒，给人类带来了致命的伤害，却也最终会被人类制服。

新年伊始，新型冠状病毒突袭荆楚大地，并蔓延全国。一声令下，举国战"疫"。医生护士和专家团队冲在第一线，跟病毒抗争，与时间赛跑，救死扶伤，研发疫苗……党和政府带领全国各族人民上下齐心，科学防控，积极应战。

同心同志，相信这个新型冠状病毒一定会被我们制服！同心勠力，相信这一场战"疫"，一定会取得胜利！加油！

（写于2020年2月22日）

虚假宣传不能信！

前些日子，朋友栾律师打电话跟我说，孩子在学校被查出"青光眼"和"弱视"。

经过了解，原来是某视力治疗机构到孩子学校，为孩子们做免费的视力检查，查出了这个结果。然后，该机构检查人员建议孩子进行视觉训练和治疗。这其中就包括购买他们的一些视觉治疗仪器。

听说孩子查出这种结果，做家长的自然很担心。不过，栾律师说，他家孩子平常视力很好，经常进行户外锻炼，每周还打乒乓球，并没有什么视力异常表现。所以针对这个结果，他们又很怀疑。

了解完来龙去脉后，我告诉他先带孩子来医院做一个全面检查，看看是什么情况。

于是，一个周六下午，夫妻二人带着孩子来到医院，我带他们一起在小儿眼科和视光中心为孩子做了全面检查。

检查结果是双眼视力1.0，眼压正常，眼底检查正常，无弱视和斜视现象。并没有之前所说的青光眼和弱视。

这下，一家人都放心了。

为什么会出现这种现象？无非是利益驱使。

纵观这些年，五花八门的视力矫正机构层出不穷，宣称可以治疗近视，让患有近视的青少年恢复正常视力。实际上，这些宣传大多都带有欺骗性。工作人员常常打着"免费义诊"的旗号，到处招摇撞骗。他们进入学校，为学生免费体检，并给出"无中生有"的诊断结果，或者夸大病情，无非是想引学生到他们的机构进行所谓的视觉训练，或者出售一些视力矫正药物和仪器，利用家长爱子心切来牟取利益。

除了虚假宣传，这类视力矫正机构的疗效和从业人员的资质也缺少监管，家长很容易被某些没有资质的商家误导，从而浪费时间和财力。

这不免让人心寒。

目前治疗近视的方法大致分为三类：一类是物理矫正，通常使用眼镜，眼镜分为框架眼镜和角膜接触镜；第二类是通过手术，如准分子激光手术；第三类是利用药物，原理是解除睫状肌痉挛，但只对假性近视有用，真性近视（眼轴长）一旦形成是不可逆转的。

对于那些大言不惭声称能帮助近视患者恢复正常视力的机

构，各位家长一定要注意。

如果孩子出现视力下降的状况，一定要到正规医院和视力干预机构检查。千万不要盲目听从一些机构的夸大宣传，特别是打着"治疗""恢复"等口号进行宣传的机构。遇到这些机构要看它是否正规，谨防上当受骗。

（写于2019年3月15日）

医院的"风景"正在发生变化

冬季寒冷干燥，极易引发流感之类的传染病。所以每到冬天，医院尤其是大医院，几乎总是排满长龙。

中国的医院像是超市。大医院像个大超市，小医院像个小超市。排长队、人满为患、诊室外坐满人，是医院的一道"风景"。

这道"风景"常常被老百姓描述成"看病难"。

当然，它还有一个难兄难弟叫"看病贵"。

因病致贫，在很长一段时间让中国普通老百姓忧心忡忡。

无独有偶，前几天，我在微信朋友圈看到一篇文章——《进了国外医院，才发现我们欠中国医生一声道歉！》。文章列举了几个中国人在外国看病的真实经历，最后得出的结论是：在外国看病程序之复杂、医疗费之高均超出我们的想象力。

如此看来，国外的月亮并不比国内圆。看病难、看病贵是一个世界性的难题，发达国家也没能很好地解决这个问题。

健康很重要。于个人而言，它是享受幸福生活的前提；于国家而言，它是开创美好未来的根基；于民族而言，它是屹立世界民族之林的力量。

中国人口众多，健康问题也就格外突出和重要。

民之所系，政之所向。实际上，中国政府一直没有减少对国民健康的关注。

十八大以来，党和政府就将"健康中国"上升到国家战略。

2009年，新医改开始在全国范围内覆盖推广。

2016年8月，在全国卫生与健康大会上，习近平总书记发表了重要讲话，提出"要把人民健康放在优先发展的战略地位"。

2017年10月18日，习近平在十九大报告中指出，实施健康中国战略。要完善国民健康政策，为人民群众提供全方位全周期健康服务。

民之所望，政之所为。

从2009年至今，新医改走过八年。

在这八年里，基本医疗保障制度基本实现全覆盖，城乡参保人口覆盖率达到95%；基本药物制度在基层初步建立，群众用药负担明显减轻；基层医疗卫生服务体系逐步健全；公共卫生服务投入力度加大；公立医院改革试点有序推进……

中国政府一步步创造着"全民医保"的奇迹，用很短的时间解决了世界四分之一人口的基础医疗问题，让老百姓逐渐摆脱"看病难、看病贵"的困境，这是多么伟大的贡献！

即墨，无疑是这一国策的积极响应者和执行者。

早在2016年7月，国家卫计委卫生发展研究中心就与即墨政府签订了《"健康中国"建设即墨市试点规划与评价研究》五年合作协议，即墨成为全国首个"健康中国"建设县级市示范点。

两年间，即墨围绕《医疗卫生发展三年行动计划（2016～2018）》，投入20多亿元打造"健康即墨"，建立起覆盖城乡的基本医疗卫生制度，进一步优化了医疗资源配置，实现城乡居民全覆盖。

"覆盖"一词在医疗保险制度中屡屡被提及，体现的是人人均享，体现的是政府的决心——让"人人享有公平的就医权利"变成现实。

与此同时，即墨在全国率先建成县级区域卫生信息平台，实现患者的病历和检查记录网络共享，减轻了患者的就医负担，不用再"辗转复查"；又在一千多个村庄配备了"健康联络员"；社保卡代替就诊卡，实现就诊"一卡通"……

此外，即墨政府又引进齐鲁医院等名牌医院，提升即墨的医疗水平。

就在上周，即墨区人代会上的政府工作报告中也多次提及与人民息息相关的医疗卫生事业。

其中，在"2018年为民要办的十件实事"中，就有两件与老百姓的健康有关：一是提高居民社会医保待遇，二是提升基层医疗服务水平。

在我看来，一就是提高医疗费用报销比例，解决老百姓的"看病贵"问题；二就是改善就医环境，解决老百姓的"看病难"问题。

与有荣焉。

医疗市场的逐步开放和政策鼓励，也促进了民营医院的迅速发展。《"健康中国"2030规划纲要》的出台，更是让民营医疗迎来了春天。

青岛同德眼科医院作为一家以眼科为专业的综合性民营医院发展到今天，跟国家的政策、政府的扶持不无关系。

作为回馈，近些年来，同德致力于眼睛保健医疗、人工晶体、儿童视力健康等方面的研究，担负着防盲治盲重任，引进了高端人工晶体植入技术，为眼疾患者提供高端的诊疗服务；与即墨区红十字会联合的"点亮视界"公益项目，深入农村免费义诊；与基层医疗机构进行医联体合作，整合卫生资源，推进分级诊疗有效落实……

只有做得更好，才能与公立医疗机构有益互补，才能推动医疗模式创新，才能惠及更多老百姓。

所以，在全国上下描绘的"健康中国"这张蓝图上，同德会竭尽所能，用尽全力，与医界同仁共同努力。

同心同德，仁心仁术。

（写于2018年1月27日）

真正的聪明是什么？

我们常常赞美别人"聪明"。聪明，乃有灵性，智慧。

听曰聪，目曰明。聪明，亦即耳聪目明。可见，"聪明"是跟耳朵和眼睛有关系的。

人们获得信息，83%来自视觉，11%来自听觉。其次是嗅觉、触觉、味觉。视觉和听觉加起来就占了94%。

所以说，人们获得信息的主要途径就是眼睛和耳朵。

因为长期从事眼科专业，我几乎每天都会和有视力问题的患者接触。我发现很多患者，尤其是老年人，不但看不见，而且还听不清。

这不仅影响眼病治疗，也影响他们的生活。

看不见又听不清，是一种身体上的病痛折磨，更是一种逐渐被他人疏离的心理伤害。

据悉，全世界每100位眼疾患者中，就存在15位同时患有听力问题。年岁增长，不仅是视力，听力也会随之"衰老"。

据统计，我国60岁以上的老年人，患老年性耳聋者占30%～60%。随着我国人口老龄化的加剧，发病率将会越来越高。

因此，老年群体因听力引起的健康问题值得关注和干预。

眼睛是心灵的窗户，耳朵则是思维的大门。

耳朵出了故障，老人沟通、交流的能力便会受到影响，久而久之，老人会越来越不愿意讲话，性格也会越来越孤僻。

严重者，易得阿尔茨海默病。

辛劳了一辈子，到了儿孙绕膝、乐享天伦的时候，却被无声"隔离"了。谁能甘心？

所以说，听力很重要，只是还没有引起人们的重视。

平常在我们周围，视力检查很常见，听力检查却少有。

而在这方面，台湾地区的经验就很值得我们借鉴。

前年，我去台湾地区参观交流，发现当地的听力检查开展得非常好。他们的听力检测普及早，经过多年的发展，已经成为日常体检的一部分；而且，听力检测机构多而广，除了医院，市面上还有很多成熟的听力检测门店。

科林，就是其中的佼佼者。科林视听集团创立于1986年，以经营眼科医疗器械和耳鼻喉科听力设备为主。其专业的设备和验配业务，为广大听障患者带来福音。

深入了解后，我决定与其合作，以填补我们即墨地区听力服务领域的空白。

筹备近两年，今年7月21日，"同德&科林助听中心"正式开业。科林为中心引入专业的听力设备、专业的助听验配师以及全面的听力服务项目。经过近一个月的临床实践，听力服务项目受到很多老年朋友的欢迎。很多有孝心的儿女听闻后，也带老人来检查并佩戴助听器，都给出不错的反馈。

为听障患者改善听力损失问题，让他们迎接"新声"，恢复"耳聪目明"的品质生活，这也是同德的"新声"和"心声"。

近年来，习主席一直倡导"健康中国·大健康"理念。我认为，大健康其中一层含义就是"全面健康"。

而这种健康既要看得见，也要听得到。

（写于2018年8月10日）

两岸民营医疗研讨会
——彰化县基督教医院侧记

5月下旬，我有幸去我国台湾地区参加了民营医院院长管理研讨会。会议安排在彰化县基督教医院举行。

彰化县有人口110万（和即墨市人口差不多），地处台湾的中部偏西，西邻台湾海峡，气候宜人，早期为台湾原住民平埔族群巴布萨族的活动区域。

彰化县基督教医院有120多年的历史，属于民办非营利性质。1896年由英国传教士梅监雾及兰戴维医师行医传道，创立于此。

医院推崇奉献精神，也一直用这种精神教化员工服务意识，并在临床工作和管理过程中始终贯彻这种精神。兰氏家族的奉献精神在台湾和泉州百姓中广为流传。

接待我们的是周志中副院长，他曾是彰化县副县长。他说：

"彰化县基督教医院是中部的医疗中心，聚集了一大批优秀人才，跟国际如美国、英国等交流合作多，近几年和祖国大陆交流也频繁起来了。这里有医院托管业务，可以帮助医院成长、规范。"

目前，这个医院是台湾中部器官移植（肝脏、肾脏移植等）中心，也是最早开展生殖器移植、试管婴儿等业务的医院。骨伤科、耳科、药学科也是重点学科。

这次交流的内容包含医院的医疗质量管控、医保的管理（医保局也实行单病种和谈判双规制）、医疗市场宣传和运作等等。

医院的眼科主任陈珊霓，不仅是眼科视网膜外科医生，更是台湾医疗界家喻户晓的人物。她当年被"医闹"患者拿着砍刀砍伤双手（肌腱断裂），此事件震惊了全岛。

后来犯人虽然被绳之以法，却几近断送了她的医学生涯。因为对于一个眼外科医生来说，砍断双手就相当于砍断了其职业生

涯。然而，陈珊霓没有被砍倒，她凭借顽强的毅力，天天练习，右手不行换左手。

眼科手术属于显微手术，要求精细，对动手要求极高。好在功夫不负有心人！如今，她终于成功，开始用左手为患者做手术，依然做得很漂亮。

她对事业的热爱真让人敬佩！

她向我们介绍了医院眼科专业的情况，告诉我们，台湾的门诊每天分三节。第一节上午8点半至11点，第二节下午2点至5点，第三节晚上7点至9点。我猜这可能与当地的气候及生活习惯有关。

她的助手还说，陈主任第一节门诊要看70多人次，看到11点后就要去做手术，还得管理科室，相当繁忙和劳累。

她对工作的热忱真让人敬佩！

院长郭守仁是位外科专家，夫人是台湾药学会主任，老家是福建。他说："两岸一家亲，我们都是一家人，应该多交流，互相学习。"

台湾地区的民营医疗开展较早。1976年，当地卫生主管部门开始鼓励民营资本办医院。于是，台塑集团创办人王永庆投资成立了台湾第一家民营医院——长庚医院。开办之初也经历了亏损期，但其"以患者为中心"的服务理念赢得越来越多民众的心，在开办第三年，实现了15%的盈利。

长庚医院的成功，吸引了各大企业纷纷效仿。一时间，台湾民营医院如雨后春笋般涌现。如今，台湾共有500多家医院，民营医院占了八成。而在台湾医疗评鉴体系中，最高级别的"医学中心"一共有19家，其中民营医院就有11家，可见民营医院已经占了很大的市场份额。

台湾的民营医院管理规范，井然有序。尤其卫生管理得好，医院无异味，每个角落都干干净净。这也得益于职工和患者的良好素质和自觉性。

参观彰化县基督教医院期间，我还特意去找烟蒂，找了两天也没找到。原来，不在公共场合吸烟，在台湾地区已法制化、习惯化。而放眼我们大陆，要做到这个地步，恐怕还需要一段时间吧。

研讨会上我也做了发言，介绍了我们医院的情况。

晚上，郭院长举行晚宴热情款待了我们。两岸一家，交流会很成功，大家亲如兄弟姐妹，互相敬酒祝福。

这次行程收益颇多，非常感谢洪祯改经理，他为此次两岸交流会议做了大量的准备工作，付出了大量的心血。

两岸民营医院交流研讨是两岸经济文化交流的重要组成部分，以这种形式相互借鉴、取长补短，一定会让医疗健康事业取得更长远的发展，造福于人类。

再次感谢！

（写于2017年7月4日）

第二篇章

科普

爱护我们的眼睛

「眼内配镜」，能让你重回清新「视界」

达·康书记别低头，眼睛会干

给他一个iPad，不如带他去户外「目」浴阳光

每天奋力拉眼皮没精神，到底是怎么回事？

你以为他是个笨小孩，阿米尔汗可不这么想

眼前有蚊子飞来飞去？这个新方法可以帮助你

睡觉能治疗近视？晚上戴上，白天摘下，近视就得到控制

她的眼里只有你

天冷，请留意「青光眼」

天冷出门，为何迎风流泪

选对人工晶状体，给他「看得清」的幸福

学校布置这种作业有创意

眼里的黄斑不是「斑」，黄斑变性却是病

这种眼病严重危害儿童视功能，早期发现可以治好

终于等到你！可缓解近视的滴眼药将在国内上市

"眼内配镜"，重回清新"视界"

现在是信息化时代，人的信息83%靠眼睛获得。视觉好，生活质量自然也高。

然而，互联网以及电子产品的更新换代加重了眼睛的负担。越来越多人加入"近视眼"行列。

近视以后，架眼镜、戴隐形、做手术……人们想方设法去看清这个世界，梦想有一双明亮的眼睛。

随着现代科技的进步，这个梦想越来越容易实现。

今天我就给大家介绍一种更先进的治疗近视的眼科手术——ICL晶体植入手术。

ICL晶体植入手术 ➕

ICL晶体植入术相当于把按照近视度数做成一枚像水滴

一样透明轻柔的隐形眼镜固定在眼内，因此也被称为眼内配镜手术。

当然，ICL晶体植入又不同于传统隐形眼镜是放在眼球表面上，而是放置在眼内，位于虹膜和自然晶体之间的睫状沟内，达到长久矫正屈光不正的目的。同时，ICL不用切削角膜组织，保留眼球完整结构，如果以后需要做其他眼部手术，可以随时取出或更换。

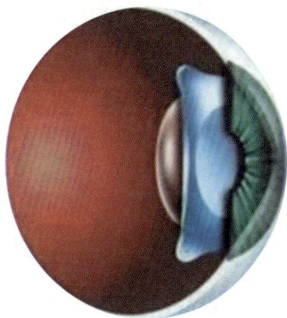

手术优势 ➕

与准分子、飞秒激光等角膜切削手术相比，ICL晶体植入有其独有的优势。

首先，ICL晶体植入是将人工晶体植入眼内，与激光手术等削减角膜的手术相比，不会削减眼内的组织结构。

其次，ICL晶体植入术的矫治范围更广，用于矫正大范围的近视和散光。一些近视度数比较大或是眼内结构不良、眼角膜较薄等不适宜激光手术的患者，ICL晶体植入术是一个科学的选择。

再次，ICL晶体植入术在一定程度上来说是一种可逆的手术。如果患者的视力发生明显变化而导致所植入的ICL不再适合或者需要做眼部其他手术时，可以随时取出或更换。

另外，ICL晶体植入术的操作相对简单、快捷。手术的切口较小，手术后见效较快而且术后护理方便。

适宜哪些患者？➕

　　ICL晶体植入术需要在患者的眼内植入人工晶体来帮助患者矫正视力，相当于在患者眼内戴入一个近视镜，因而晶体的植入要选在患者屈光度数相对稳定的时候。也就是说，在近一年内增长不超过75度。患者必须是成年人。ICL晶体植入术矫正的近视度数可达1800度，特别适合高度近视患者以及有强烈摘镜要求又不适合做准分子屈光手术的患者。

　　此外，ICL晶体植入术还要求患者具有足够的前房深度和角膜内皮细胞数量，并且眼部及全身没有严重的器质性疾病或活动性炎症。

　　进行ICL晶体植入术，需进行详细的术前检查。

（写于2017年7月8日）

达康书记别低头，眼睛会干

"达康书记别低头，GDP会掉！"

这是最近我在朋友圈经常看到的一句话。

起初我十分不解，后来有人给我解释说这位达康书记是个电视剧里的人物，剧名叫《人民的名义》，他这个角色很受欢迎。

受欢迎就受欢迎呗，我不明白的是"低头"跟"GDP"有什么关系？

于是，晚上有空的时候就看了几集。故事不错，讲的是反腐倡廉的事儿。每个官员都面目清晰，个性十足。尤其是这位达康书记，不同于其他官员形象，他敢做敢冲，为了政绩有点不择手段，很耿直。这样一个角色让一众网友都站队也是可以理解的。

不过，说了这么多，我并不是要谈达康书记。

我想说的是"别低头",并且以眼科医生的名义告诉你:别低头,眼睛会干!

为什么呢?因为现在我们太多人低头是在干什么?看手机!不是有个词叫"低头族"吗?说的就是无论何时何地都在低头看手机的人群。

相信我们很多人都是低头一族吧。

不过这也能理解。自从互联网兴起,从电脑到智能手机,网络给我们工作和生活带来便捷的同时,也带来了"依赖"。依赖什么呢?海量的信息。

而面对这海量的信息世界,我们身上最累的两个器官,一个是大脑,另一个就是眼睛。人类信息的获取,83%是靠眼睛的。

所以,也就不难理解,为什么现在经常出现"用眼过度"和"眼睛疲劳"等问题。在眼科领域,我们经常说的"干眼症"就和用眼过度、眼睛疲劳有关。

在说这个问题之前,我先给大家介绍一下泪液(也就是眼泪)的成分,它是由水、蛋白质、脂类及多种微量元素组成的。

眼泪有神奇的作用:润滑、杀菌、清除杂物,经研究,泪膜有重要的屈光作用。如果任何原因导致泪液数量的减少或者成分的异常均可引起眼睛干燥的症状,亦即干眼症。

低头看手机,累的是眼睛。时间一久,如果你感觉眼睛有异物感、干涩发胀,有时候还红红的,那你很有可能是患上干眼症了。

什么是干眼症？为何能患上干眼症？下面详细介绍。

正确认识干眼症 ➕

干眼症通俗点说就是眼球表面太干燥。正常情况下，我们的眼球表面覆盖着由睑板腺分泌的油脂层，其下为泪腺分泌的水样液层，最内层为杯状细胞分泌的黏液层，这三层共同形成保护及湿润结膜的泪膜，当泪膜不能形成或被破坏，就会发生干眼症。干眼症分为水液缺乏型、蒸发过强型、黏蛋白缺乏型、泪液动力学异常型以及混合型。

由于不同类型干眼症的原因和发病机制不同，其所应用的人工泪液种类也不同。临床医师应根据干眼症患者的类型选择不同类型的人工泪液，以改善患者的治疗效果。例如聚乙二醇滴眼液是治疗黏蛋白缺乏型干眼症的人工泪液，羟糖甘滴眼液是治疗脂质层异常所致蒸发过强型干眼症的人工泪液，而维生素A棕榈酸酯是治疗中重度干眼症如干燥综合征（Sjögren Syndrome）和许多全身性因素引起的干眼症的人工泪液。所以说病因不同，危害和治疗方法也不尽相同。因此，初诊需要专业的眼科医生做出鉴别诊断，切勿自行买药。

干眼症的症状多种多样，如眼睛干干的、涩涩的，眼皮紧绷、沉重，眼睛怕风、怕光，对外界刺激很敏感，有烧灼感，容易疲倦、想睡，有时候还觉得好像有异物在戳眼睛，早晨眼睛睁不开，可能早上看东西清楚，到了下午就开始模糊。不少干眼症患者有流泪的症状，似乎与干眼症矛盾，其实这是机体的补偿效应，是眼太干引起的反射性泪液分泌现象。

低头族为何多发干眼症 ✚

"低头族"由于太过投入手机内容，常常会忘记眨眼，这就会导致眼内润滑剂和泪液的分泌减少，而且眼球长时间暴露在空气中，会使水分蒸发过快，长期如此就容易造成干眼症。另外，手机荧光屏由小荧光点组成，为了保证视物清晰，眼睛必须不断地调整焦距，时间过长，眼肌会过于疲劳，损伤眼睛。此外，长期使用眼药水或戴隐形眼镜，长时间停留在冷气房或户外强风燥热的环境中等也会引起干眼症。

也许，你认为干眼症是小问题，不需要治疗，滴点眼药水就好了，没必要引起重视。殊不知，干眼症并不是所谓的"无害"眼病。

首先，得了干眼症后，患者的眼睛会经常感到酸痛和疲劳，注意力难以集中，严重影响其工作或学习效率；其次，久治不愈的干眼症可能会演变成结膜炎或角膜炎，且若长期使用激素类眼药水会导致眼压升高，引起青光眼；另外，若是病情严重且不及时治疗的话，有可能导致患者失明。

所以，轻视干眼症，后果很严重！

在此，我以眼科医生的名义郑重提醒你：别老低头看手机，小心干眼症找上你。

世界那么大，世界那么美，抬起头，去看看外面的精彩。

五一小长假，也让眼睛放个假！

（写于2017年5月1日）

给他一个iPad，
不如带他去户外"目"浴阳光

平日里，随意走进一家餐厅，你会看见年轻的爸妈在刷微信、微博，年幼的孩子则边看iPad边吃饭……

手机和平板电脑现在成了"懒惰家长"的陪伴"神器"，越来越多的孩子在小学入学伊始，就被检出近视。

我去一所学校参观，8个小学生有4个鼻梁上都架着一副小眼镜。

再跟大家说一个数据——

去年，青岛同德眼科医院为环秀部分小学4766名小学生做了视力检查。其中，视力达到1.0的只有1590人，占33%，有97个弱视，其余3000多人都有患近视的可能，占65%。

职业使然。这些年，我眼睁睁看着近视的检出率在不断增加并且近视年龄不断降低，越来越多的小孩儿戴上眼镜。

更让人担忧的是，很多家长并没有因为孩子近视、戴眼镜而重视孩子的用眼问题，甚至还有家长认为戴上眼镜就表示"有学问"，相比于奥数培训班、英语提高班、"小升初"择校，给孩子戴上一副厚厚的眼镜，根本不算事儿。

近视是世界卫生组织指出的影响人类健康的三大疾病之一。

2016年，北大公共卫生学院在国民素质调查报告中指出：男性健康问题第一是眼科问题；女性健康问题第一是乳腺问题，第二就是眼科问题。

报告认为，到2020年我国全国人口近视发病率将达到50%，其中高度近视人群将达到7000万。

这些庞大的数据足以说明我国是近视大国，患者数居全球首位。

记得我们小时候，班里几乎就没有戴眼镜的同学。

小时候家里照明基本都是煤油灯，根本没有台灯，更谈不

上所谓的"护眼台灯"，但那时候近视的人却很少。

短短几十年的时间，也就隔了两三代人，近视就蔓延开来了，到底是什么原因呢？

我认为除了一些客观因素，如遗传、并发性近视外，大多是后天形成的近视即"后天获得性近视眼"。

这其中就包含持续不断的学业压力和手机、平板电脑等电子产品的过度使用。

让我们先来了解一下近视眼的分类。根据发病的主要病因，近视眼分为遗传性近视眼、获得性近视眼和并发性近视眼3类。

遗传性近视眼 ➕

遗传因素对近视尤其是高度近视眼的发病时间和进展程度起主要作用。近视眼父母的孩子比非近视眼父母的孩子患近视的危险高1.6倍。对于有明显高度近视家族史（如双方父母均为高度近视）或近视发病过早（4岁前屈光度已为近视的）、进展过快（大于1.50 D/年）的近视，应归类为遗传性近视。

获得性近视眼 ➕

大部分的近视眼并无高度近视家族史等先天因素，属于后天获得性近视眼。其发病一般始于学龄期，因此西方部分学者也称之为"学校性近视"。后天获得性近视眼的可能致病环境因素有很多，包括近距离工作时间、户外活动、照明环境、饮食习惯、维生素D摄入量等等，其中近距离工作过多和（或）户外活动过少是目前认为与后天获得性近视眼关系最密切的两大环境因素。

并发性近视眼 ➕

临床上，还有一小部分近视眼是某些疾病的伴随症状，比如马方综合征、视网膜色素变性、圆锥角膜、白内障早期晶状体的屈光指数改变等，这类近视眼归类为并发性近视眼。对于这类近视眼应该积极治疗原发病，以减少并发症的出现。

近视对个人、家庭以及国家都带来了严重的影响。所以，近视防控工作，刻不容缓。

近视防控工作一方面要减轻学生的课业负担，减少近距离用眼时间，少看电子产品，每天至少要有两个小时的户外活动，另一方面需要学校、家长、眼科医生联动，给学生普及爱眼护眼知识，培养青少年良好的用眼习惯。

对高危人群进行针对性重点防控，可以对高危人群的发病风险进行预测。

高度近视的家族史。

通过了解父母双方的屈光水平，推测小孩罹患高度近视的风险。

远视储备。

通过睫状肌验光明确小孩的远视度数，并与同年龄的正常范围对比，明确远视储备量。

双眼视功能。

进行包括调节反应、正负相对调节、调节灵敏度、AC/A以及远近集合眼位等双眼视功能检查。

用眼习惯及视觉环境。

应重点关注低年级学生，甚至是幼儿园儿童等目标人群。

对于近视眼防控，我院视光中心的毛丛丛根据多年工作经验总结出一个口诀——近视防控口诀三个"一"，六个"不"。

眼离书本一尺

手离笔尖一寸

胸离桌面一拳

不要躺在床上看书

不歪头或趴在桌子上看书

不在行走或乘车时看书

不在太强或太弱的光线下看书

不看字迹模糊字体太小的书

不长时间看书

此外，握笔姿势要正确，执笔角度要合适，笔杆与纸面的角度在40～50度之间；在饮食方面，多吃高纤维素、高钙、高铁的食物，多吃富含胶原蛋白的食物，增加眼球壁的弹性；每学期检查两次视力，如果视力下降，要及时到医院做进一步检查。

如今，很多家长为了不让孩子输在起跑线，给幼儿园的孩子进行早期智力开发，英语、数学、绘画、音乐、棋艺，却牺牲了体育锻炼和户外玩耍的时间。

殊不知，户外活动接触自然光对预防近视有非常积极的作用。

2016年10月，国家卫计委、教育部和体育总局联合下发文件，要求各地积极采取措施，关注、缓解青少年近视问题。

有些地区积极响应国家要求，规定当地所有中小学校每天都要保证学生1～2小时的户外活动时间。

近视眼防控，任重而道远。真心希望近视问题引起家长、老师乃至全社会的关注！

6月1日是国际儿童节，6月6日是全国爱眼日。6月的开端就跟孩子和眼睛有关！

今年全国爱眼日的主题是"'目'浴阳光·预防近视"。

所以，建议各位家长、老师带孩子们走出去，让他们多感受户外明媚的阳光，别让眼睛总盯在课本和iPad上。

（写于2017年5月31日，部分数据、资料由同德视光中心毛丛丛、孙朦夏统计提供）

每天耷拉眼皮没精神，
到底是怎么回事？

生活中如果你细心点，会发现身边有不少人，眼皮有不同程度的下垂，双眼无神，让人感觉好像是每天都睡不醒。这是怎么回事？原来这是一种病，医学上称之为——上睑下垂。

什么是上睑下垂？ ➕

上睑下垂是提上睑肌和米勒肌（Müller's muscle）的功能不全或丧失，以致上睑呈现部分或全部下垂的一类疾病。正常人平视时上睑缘遮盖角膜上缘为2 mm以内，超过正常范围为上睑下垂。

轻者遮盖部分瞳孔，严重者瞳孔全部被遮盖。

通俗来说，睁眼时只要黑眼珠无法完全暴露就是上睑下垂。

正常	轻度下垂	中度下垂	重度下垂
正常的眼睑会盖住黑瞳孔2 mm以内	上睑缘遮盖黑瞳孔1.5～2 mm	上睑缘遮盖黑瞳孔2～4 mm	上睑缘遮盖黑瞳孔4 mm以上

上睑下垂的分类 ➕

上睑下垂通常分为两类——

一类为先天性上睑下垂。绝大多数是提上睑肌发育不全或缺损或支配提上睑肌神经缺损而引起。患儿出生时即有上睑下垂，常表现为孩子不睁眼，其中75%～80%为单眼性，20%～25%为双眼性。单眼重度上睑下垂因遮盖患眼瞳孔影响视力发育可出现弱视，可通过手术矫正，一般3～4岁手术为宜。双眼重度上睑下垂手术年龄可提前到一岁左右，以防止头向后仰伸畸形。

另一类属后天性上睑下垂。其原因有外伤性、肌源性、神经源性、机械性四种。其中肌源性以重症肌无力者居多，先行病因治疗，必要时可行上睑下垂矫正。

上睑下垂的危害 ➕

上睑下垂的发病率是很高的，各种上睑下垂只是轻重程度不一样。

轻度上睑下垂首先会对患者的外观颜面产生重要的影响，下垂的上睑给周围人一种没有精神的感觉，严重影响个人气质，对学习、生活以及人际交往带来负面影响。

中重度的上睑下垂便需要进行及时治疗，因为先天性上睑下垂遮盖眼球，长久保持这种状态，会产生弱视、眼疲劳、视觉障碍等眼科疾病，从而影响工作和生活。

因此，上睑下垂一经诊断，需及时进行治疗。

上睑下垂的治疗和护理 ✚

上睑下垂目前的治疗方法主要是通过手术矫正，主要是提上睑肌缩短和各种利用额肌为动力的悬吊术。从术前评估，到手术矫正，再到术后护理随访，青岛同德眼科医院目前已经形成了一套完整的治疗体系，针对不同类型的上睑下垂选择最适宜的治疗方案。

值得注意的是，上睑下垂治疗中，术后护理也至关重要。术后定期复查，局部应用眼药水和眼膏保护眼球，防止角膜干燥。

由此可见，上睑下垂并不可怕，选择适合自己的矫正方法便能轻松摆脱。随着科学的进一步发展，我们也会更加精准、严谨地对待每一位患者，最大限度地保证手术的安全和效果。

（写于2017年8月21日，部分内容由青岛同德眼科医院整形美容科姜玮医生提供）

你以为他是个笨小孩，
阿米尔汗可不这么想

自从开了微信公众号后，我断断续续也写了几篇文章。在大家以关注、阅读、点赞、转发等形式的鼓励下，内心不免产生了小小的成就感。

当然，压力也随之而来——怎样科普好眼科知识呢？这是个新课题！

比如说，最近我想给大家说一下"阅读障碍症"。跟朋友吃饭，席间说起这个话题，在场有人说："黄院长，推荐您去看一部印度电影，叫《地球上的星星》，讲的就是一个老师和一个有阅读障碍症孩子的故事。那个老师的扮演者就是最近在网上很火的一个印度国宝级演员，叫阿米尔汗。"

正所谓"知之为知之，不知百度之"。我先上网了解一下阿米尔汗。

不看不知道，一看吓一跳——还真是个"国宝"。你看这些评价——"印度的良心""一个教科书式的男神演员""一个演员改变一个国家"……

《地球上的星星》是他自导自演的一部电影。

我特意抽空看了，还真是部好看的电影。故事的主人公叫伊夏（一口小龅牙真是可爱），是个8岁小孩，又皮又作，总是惹祸。上课走神，老师讲的听不懂；所有的数字对他来说都会跳舞；一看到试卷，脑袋就放空环游世界；完整的句子不会念，话说不清楚，字都认不全。

校长认为这个孩子可能是个智障，而他爸爸认为儿子叛逆，把他送到了严苛的寄宿学校。

一个离开父母的8岁小孩，在恐惧和孤单中逐渐开始狂躁、自闭、内心崩溃……直到遇见美术老师尼克。尼克发现了伊夏

"不求上进"的原因——他患有阅读障碍症。

的确，以上说到的这个小男孩的所有行为都是阅读障碍症的表现。说到这儿，我想问问大家，平时跟亲朋好友谈论起孩子的时候有没有听过这些话："我家小孩很聪明，就是不爱学习。每次写作业从不安心，每5分钟就要喝水、上厕所、吃东西。就从来没有安心写作业超过半小时。""我家孩子写作业特慢，20分钟的作业，1个小时也写不完。""我家宝贝读写能力差，阅读时串行、漏字。背诵课文是最大的障碍。""老师说我家孩子上课时交头接耳做小动作，不认真安心听讲，说教也没有太好的效果。"……

那么，这些问题是怎么形成的呢？

其实，绝大多数是阅读障碍所致。

什么是阅读障碍以及阅读障碍症？阅读障碍症，又称失读症、难语症，是一种常见的学习障碍。

阅读障碍症简单来说就是大脑综合处理视觉和听觉信息不能协调而引起的一种阅读和拼写障碍症。这样的患者无法正常阅读和书写，无法从文字中获取有效信息。普通人可能很难想象出在他们眼中看到的文字会是什么样子。就如同一组正常排列的英文字母，普通人看到的是这样的：A B C D E F G……但是在他们的眼中，看到的却是不完整的。

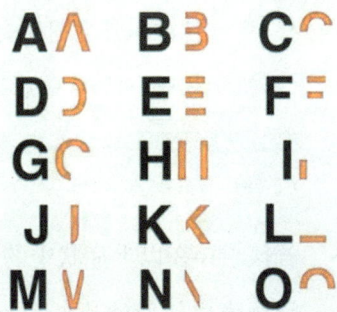

阅读障碍症的常见症状：

识字方面

★认字与记字困难重重，刚学过的字就忘记；

★错别字连篇，写字经常多一画或少一笔；

★经常搞混形近或音近的字，如把"视"与"祝"弄混；

★学习拼音困难，经常把Q看成O；

★经常颠倒字的偏旁部首。

阅读方面

★朗读漏字或串行；

★阅读速度慢；

★逐字阅读或以手指协助；

★抄写速度慢。

行为方面

★行为反应表现得不集中或无组织，对于所看到或听到的刺激，仅能掌握一小部分；

★掌握事物的顺序很困难，如数学公式等；

★在辨析距离、方向时显得有困难；

★写字时很难掌握空间距离，有大有小；

★很快就从一个活动或想法跳到另一活动或想法；

★完成读写作业非常容易疲劳。

若孩子存在以上症状中的多项问题，应就医检查。

阅读障碍如何治疗？目前最有效的治疗方式为心理指导加

视觉训练。

学龄儿童时期的训练和治疗，会对阅读障碍的恢复有良好的效果。早期的视觉训练等治疗方式，会对视觉、听觉和触觉等方面的不协调性有极大的改善，使阅读障碍症患症者完全或者部分恢复正常的读写能力，从而使他们在生活和学习方面逐步提升。

实际上，患有阅读障碍症的这部分人群最大的痛苦就是不被理解。尤其是在儿童时期，这样的儿童常常被家长或老师当作懒惰爱玩的孩子，得不到大人的理解，还蒙受着不公正的批评。久而久之，他们会变得自卑自弃。

就像《地球上的星星》里的小主人公伊夏一样，自信心一点一点被摧毁，不得不用叛逆来掩饰自己的"不同"。

幸运的是，伊夏遇到了一位好老师，一步一步帮他冲破"障碍"，发掘出自己独有的艺术天赋。

每个孩子都是独一无二的。在这个"分数至上"的年代，试问各位父母和老师，是否忽视了孩子们真正的发展需求和特长天赋？

每个孩子都不是笨小孩，阅读障碍不应该成为人生障碍！

无论是作为家长还是老师，我们都应该像电影中的尼克一样，用心用爱，去帮孩子跨越这道障碍。

（写于2017年5月17日，部分资料由青岛同德眼科医院视光中心毛丛丛提供）

眼前有蚊子飞来飞去？
这个新方法可以帮助你

经常有患者跟我说起这样的经历：眼前有黑影飘动，像飞来飞去的蚊子，又像头发丝在眼前晃，还有点状、片状、圆形等形状挥之不去，十分恼人。通常，黑影会随着眼珠的转动而转动，尤其在看一些亮色的背景时，更容易发现它的存在。

医学上将这种现象称为"飞蚊症"。

今天我就给大家简单讲讲这个"飞蚊症"。

产生 ✚

飞蚊症的产生跟我们眼内的玻璃体有关。

眼内的玻璃体是如蛋清样的透明胶体，占眼球内4/5的体积，通常是无色透明的，含有99%的水分和少量蛋白质，光线可以不受阻挡地通过。

随着年龄的增长，眼内的玻璃体液化之后，慢慢从视网膜表面剥离下来。这就像我们的手机贴膜一样，贴得紧密时，看不到贴膜，但贴膜一旦起泡或者脱离手机屏幕，我们就可以看到它了。

玻璃体离开视网膜之后，除了它的一些杂质、浑浊物可以被我们看到，玻璃体本身的皮质也可以被看到。也就是说，眼睛里看到的那些黑黑的、絮状的、点状的物质，其实都是玻璃体里的东西。玻璃体在没有完全脱离时会有闪辉现象，如果完全脱离，闪辉就消失了。

症状 ➕

飞蚊症分为生理性的和病理性的。

生理性成因：

角膜 液化
晶体
光
玻璃晶体
虹膜 视网膜

病理性成因：

角膜 视网膜
晶体 视网膜脱落
玻璃晶体
结膜

生理性飞蚊症是我们本身存在的东西，即玻璃体降解物，可以理解为玻璃体老化了就会出现飞蚊症。生理性飞蚊症虽然可能对视力产生干扰，但并不影响视力。当"蚊子"在眼前飞舞时，只需转动一下眼睛或眨一下眼睛，就可以让它"飞"走，眼底检查也没有器质性的改变。

所以，生理性飞蚊症不需要太担心。

病理性飞蚊症会对视力产生影响，无论怎样转动眼睛、眨眼睛，都不能提高视力，还可能伴随闪光感，眼底检查通常可以发现病理性改变。

病理性飞蚊症的发生与眼底病密不可分，是很多眼病的伴随症状。

与病理性飞蚊症相关的疾病，比较常见的有葡萄膜炎、视网膜脱离和玻璃体出血。

葡萄膜炎

葡萄膜炎可能导致视觉飞蚊症，伴随逐渐的眼痛、畏光、视觉模糊以及结膜充血。

视网膜脱离

飞蚊症与散光会突然出现在视网膜从脉络膜上脱落的部位，随着视网膜进一步脱落（一个无痛过程），出现渐渐的视力丧失，眼前出现云雾感，眼睛检查显示一个灰白斑，视网膜血管几乎是黑色的。

玻璃体出血

视网膜血管破裂会在视野中产生黑色或红色斑点，受影响的眼视力一下会变得模糊，视觉敏锐度可能极大降低。

治疗 ➕

玻璃体消融术是目前很有效的治疗方法，在青岛同德眼科医院经过两年的临床应用，效果快，受到患者认可。

什么是玻璃体消融术？

玻璃体消融术，适用于患有顽固性飞蚊症，且反复吃药仍得不到有效治疗者。它采用Ultra Q激光器治疗，能够让医生快速识别并聚焦在目标玻璃体漂浮物上，再以精准的入射角度加以锁定，最后在短时间内，利用高能量激光将其一一爆破、击碎，快速切断玻璃体漂浮物中的胶原纤维，安全无创伤。

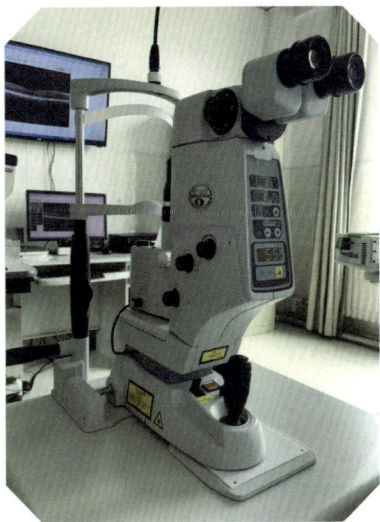

玻璃体消融术本质还是掺钕钇铝石榴石激光（YAG）激光，利用YAG激光的爆破效应将团块状的玻璃体浑浊打散，从而减轻浑浊的玻璃体引发的飞蚊症症状。

优点 ➕

玻璃体消融术可减轻飞蚊症症状，特别适合一些对视觉质量要求较高的患者，还有多焦晶体植入者。解除玻璃体对视网膜的牵拉，降低导致视网膜裂孔或视网膜脱离的风险。

缺点 ➕

玻璃体消融术不是对所有的玻璃体浑浊都有效，比如在液化的玻璃体里面的浑浊，激光消融术也无能为力。

特别提醒：过去，飞蚊症往往出现在40岁以上的中老年人群中。现在，飞蚊症的发病年龄越来越低，很多年轻白领，甚至学生，由于长期使用电脑造成视疲劳或近视度数逐年升高，也加入了飞蚊症患者的"大军"。想要远离飞蚊症困扰，应注意用眼卫生，定期接受眼科检查。

如果是葡萄膜炎、视网膜脱离、玻璃体出血引起的病理性飞蚊症，需要接受药物和手术治疗。

（写于2017年8月13日）

睡觉能治疗近视？晚上戴上，白天摘下，近视就得到控制

近视是一种常见眼部疾病，除了会造成生活的不便，还会导致一系列的眼部并发症，造成不可逆的视觉损伤，严重的会导致失明。

由于无法治愈，所以在近视进展期对其进行防控，以降低将来并发症的发生概率，是目前针对青少年近视的最佳矫正方法之一。

角膜塑形镜的应用是近视防控领域的一次里程碑式的跨越。角膜塑形镜起源于美国，历经50年的发展，已在全球许多国家得到应用。

框架眼镜等常规防控方式平均每年会有75～100度的近视增

长，而角膜塑形镜在应用良好的情况下，可以将近视发展控制在每年10～25度。

所以，对于处在近视进展期的青少年来说，佩戴角膜塑形镜是一种理想的屈光矫正方案。

什么是角膜塑形镜？ ➕

角膜塑形镜是一种用高透氧材料特殊设计的硬性角膜接触镜，夜间睡眠时佩戴。虽然称之为角膜接触镜，但是角膜塑形镜并不直接接触角膜，而是覆盖于角膜表层泪液之上，通过镜片与角膜之间泪液流体力学效应和眼睑对镜片的压力，改变角膜的几何形态，使角膜中央变平。

经过塑形后的角膜会改变眼底成像，从而有效地控制近视发展。同时，角膜形态的改变暂时抵消近视度数，白天不戴眼镜也可拥有清晰视力。

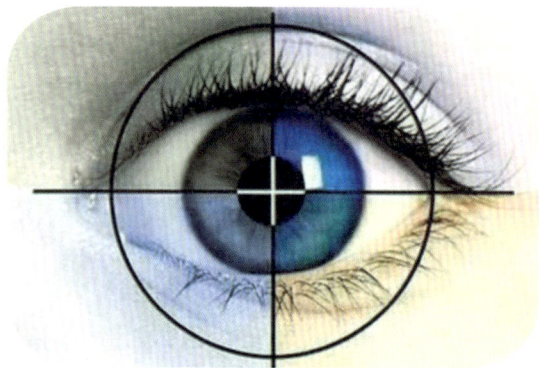

角膜塑形镜的优缺点 ➕

优点：

1. 控制近视发展，短期内视力即可提高。在应用良好的情况下，可以将近视发展控制在每年10～25度，可抑制青少年进行性近视的发展。

2. 白天无须戴眼镜即可拥有清晰视力。角膜塑形镜夜戴晨取，近视屈光度降低效果好，可无须再戴眼镜或隐形眼镜。

3. 操作简易，使用方便。

4. 没有风险，其他眼功能不受影响。

5. 可满足某些特殊职业，如运动员、潜水员、飞行员、演员、学生、军人等对近视力的要求。

缺点：

1. 应用范围受限。角膜塑形镜适用范围为600度之内的中低度近视，对超过600度的高度近视控制效果一般。而且对角膜形态有一定要求，角膜不规则或角膜散光较严重的患者均无法佩戴。

2. 对卫生条件要求较高。作为三类医疗器械，角膜塑形镜在使用时必须保证用眼卫生以及对镜片的清洁护理。

角膜塑形镜验配注意事项 ➕

1. 角膜塑形镜属于三类医疗器械，必须在正规医疗机构验配。目前国内角膜塑形镜验配存在一定的不规范行为，一些无医疗资质的机构非法验配角膜塑形镜，导致部分近视患者眼部健康受损。验配角膜塑形镜是医疗行为，请选择正规医院进行验配。

2. 佩戴角膜塑形镜必须严格遵医嘱，定期复查，做好镜片护理和眼部护理。

角膜塑形镜虽然不能从根本上治疗近视，也可能出现停戴后视力反弹的现象，但它不改变角膜的结构，为青少年近视将来的治疗赢得一个机会，不失为目前治疗和减缓青少年近视的一种有效的方法。

青岛同德眼科医院视光中心的毛丛丛、胡科吉医师，经过7～8年的实践，已经取得丰富的临床经验，受到青少年及家长的欢迎。

（写于2017年8月28日）

她的眼里只有你

几年前，朋友送我一本龙应台的书。《目送》是书名，也是开篇。

作者用柔情深意娓娓道出一位母亲在孩子成长过程中的"注视"和"关爱"——在一百个婴儿同时哭声大作时，能够准确听出自己孩子的位置；从孩子上小学的第一天开始，在那么多穿梭纷乱的人群里，能无比清楚地看着自己孩子的背影；在机场长长的队列里，用眼睛跟着他的背影一寸一寸往前挪；在他等候公车时，从高楼的窗口看着他，直到他上车离去……

做父母的，感同身受。从孩子呱呱坠地，到孩子上幼儿园，上小学，上中学，上大学……你会慢慢感受到他们在一步一步远离我们的视线。

这份"目送"的落寞只有自己咀嚼。

而这份落寞又何尝不是我们的父母曾经的感受呢?

正如作者也意识到"我的落寞,仿佛和另一个背影有关",所以又满怀深情和愧疚地讲述了父亲曾经对她的"目送",继而说出了那段让人潸然泪下的话——"我慢慢地、慢慢地了解到,所谓父女母子一场,只不过意味着,你和他的缘分就是今生今世不断地在目送他的背影渐行渐远。你站立在小路的这一端,看着他逐渐消失在小路转弯的地方,而且,他用背影默默告诉你:不必追。"

人生啊,这条路上来往过客无数,行也匆匆,去也匆匆。只有父母,虽然无法陪你走完全程,但他们陪你走过的每一段,一定都尽了自己最大的努力去帮扶和关爱你,默默"目送"你。

因为在有你的世界里,他们的眼里只有你!

可是,作为儿女,你是否关心过他们那双"只有你"的眼睛?你是否留意——他们的双眼早已不如年轻时那般从容,看不清报纸和手机上的小字;眼睛经常疲劳、流泪、模糊不清……

请别忽视——这是"老花眼"和"白内障"的症状。

老花眼的起因 ➕

老花眼(老视)的起因是眼球晶状体的退化。 年轻时,晶状体柔软、富有弹性,可以随时变厚变薄,看近物时有很好的调适能力。随着年纪的增加,晶状体渐渐硬化,丧失了柔软度及弹性。看近的物体时,晶状体的调适能力降低,无法准确聚焦于视网膜上，从而会有"雾里看花"的感觉。

什么是白内障 ➕

老年性白内障，是发生在眼球里面晶状体上的一种疾病，多种原因如老化、遗传、局部营养障碍、免疫与代谢异常、外伤、中毒、辐射等，都能引起晶状体代谢紊乱，导致晶状体蛋白质变性而发生混浊，称为白内障。白内障的主要症状是视力障碍，它与晶状体浑浊程度和部位有关。

人的眼睛和照相机一样（照相机就是应用了眼球成像的原理），看近与看远是通过眼球晶状体调节（晶状体似照相机镜头），看远放松，看近变凸。人到中年后，晶状体变硬，调节能力下降，这时就开始花眼。老花眼随着年龄增长会越来越严重。而白内障就是晶状体混浊（相当于相机镜头模糊了）。得了白内障，视物模糊，逐渐发展加重会影响生活。

老花眼和白内障是老年人常见的眼病，深深影响着他们的生活质量。单纯老花眼可用配镜矫正，在德国5年前已开展用三焦点人工晶状体植入治疗老花眼，我国也引进了此种技术。目前，多焦点人工晶体、区域折射人工晶体也有此种功能。

何为三焦点人工晶体 ➕

三焦点人工晶体把人眼看远、看中、看近的三个焦点都设计在一个人工晶体里面，这样的人工晶体不但可以恢复晶体的透明性，还可以模拟人眼的变焦能力，让人眼重新同步拥有远、中、近三种视力。

目前在全球范围内，三焦点晶体是可同时实现白内障及老花眼矫正的功能性人工晶体。

随着科技的发展，现在老年人如果得了白内障又有老花眼，可以通过精确的检查结果，用很多客观的数据进行分析设计，将混浊的晶状体置换掉，达到想要的视力效果。

如果你有能力，给父母一双明亮的眼睛吧。

在父母的有生之年，让他们的眼睛清晰地看见我们的面孔，而不是泪眼模糊地看着我们渐行渐远。

谨以此文致敬即将到来的母亲节和父亲节！

（写于2017年5月7日）

天冷，请留意"青光眼"

上周，我出门诊，接待了一位患者，说是前几日头疼、心慌、恶心、呕吐，以为自己得了"脑血管病"，治疗了一周也未见好转。后来经详细检查，发现是青光眼发作，赶紧来眼科医院治疗。

我给她做了详细检查后，发现她是急性闭角型青光眼发作，瞳孔散大，角膜水肿，视神经发生损伤，已经造成视力损失。

青光眼是指眼内压间断或持续升高的一种眼病，主要损害视力、视野。如果不及时治疗，会进一步损害患者的视神经及其视觉通路，导致视野缺损，最终失明。青光眼是最常见的致盲性疾病之一，每个人都有患上的风险。而且，目前尚无有效药物能根治。

青光眼是怎么引起的呢？ ✚

眼球里面有两个房子：一个叫前房，一个叫后房。两个房子之间有个门称为"瞳孔"，瞳孔旁边有个圆镜子称为"晶状体"。

维持房间的正常形态和营养需要有稳定流动的水。房水是由后房睫状突的上皮细胞产生的，在正常情况下，后房的水通过瞳孔流到前房，然后再从前房的房角流出去。

可是，如果因为某种原因（比如白内障）造成晶状体变大，把前房、后房之间的瞳孔堵塞了，水就不能流到前房，它会在后房越积越多。多出来的水会进一步挤压"门板"——晶状体，还会挤压前房的"下水道"，把"下水道"堵死。这样一来，房子里的水就越来越多，越来越多，把房子的墙壁压坏了。

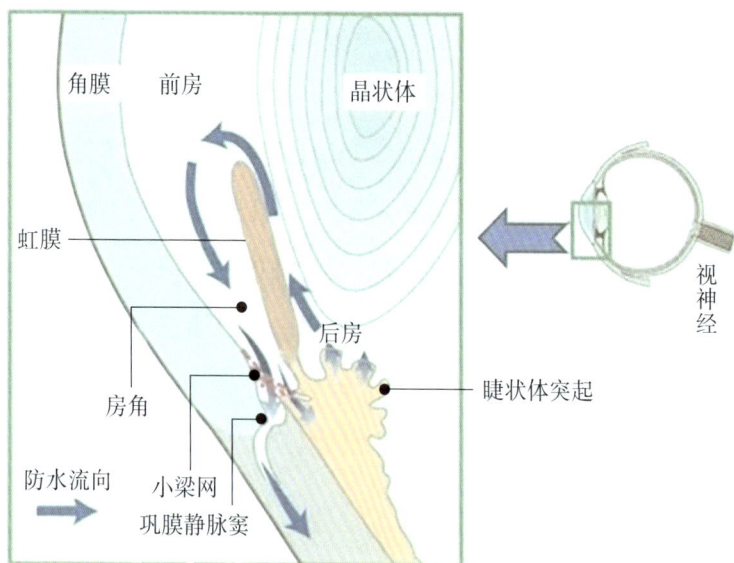

这在眼球里面就是眼内的水过多，排不出去，眼内压增大，把眼球内部的视神经纤维给损害了。视神经纤维一旦受损，视力就会受到很大影响。

其实，青光眼的发生，要么就是房水产生相对多了，要么就是房水循环通路堵住了。青光眼的治疗，就是想办法疏通水路，让眼球前房、后房的水重新正常稳定流通开来。

怎么判断青光眼呢？ ✚

1. 如果家族中有青光眼患者，并且本人出现了青光眼的症状，一般可确诊是青光眼。

2. 青光眼会导致患者眼睛酸胀，但单凭这一种症状是不能确诊的，如果在酸胀的情况下，还出现疼痛的感觉，一般就可确诊。

3. 眼球变硬，而且失去了活力与弹性。

4. 视力在莫名其妙的情况下下降，而且视野缺损。

5. 眼压升高还可反射性地引起迷走神经及呕吐中枢的兴奋，出现严重的恶心呕吐。

诱发青光眼发作的原因很多，如各种原因引起的瞳孔散大、情绪激动、暴饮暴食等都会影响神经血管功能而诱发青光眼。

除此之外，气温降低也会引发青光眼。很多青光眼患者都是在冷空气突然侵袭的时候发作。

可以说，冬天是青光眼的高发期。而且，一般是强冷空气入侵的24小时内发作。

冷空气之所以诱发青光眼，是因为天气发生变化时，影响体温调节中枢，通过自主神经干扰血压而使眼压波动，进而发病。

现已过立冬节气，冬季预防青光眼应注意：

关注天气预报，强冷空气来临时尽量不外出，在温暖晴朗的天气下要适度参加户外活动，避免眼压升高。

保持稳定的情绪，避免精神紧张和过度兴奋，起居有规律。

不在黑暗处久留，防止瞳孔扩大，引起眼压升高。不可长期低头伏案工作，防止眼部淤血。

青光眼是全球导致失明的第二大病因，仅次于白内障，却是排名第一位的不可逆致盲眼病。

容易患青光眼的不光是老年人，年轻人也极易患上。

所以，还是建议大家定期去眼科医院体检，将这种风险扼杀在摇篮之中。

（写于2019年11月7日，部分内容由青岛同德眼科医院医生胡科吉提供）

天冷出门，为何迎风流泪

最近，天越来越冷，很多人有这样的体会：出门迎风就流泪。

这到底是怎么回事呢？

人的眼泪由泪腺产生，用于保持眼球的湿润、洗刷异物等。

而这些眼泪，除了睁眼时有部分蒸发到了空气当中，另外一部分则通过一个通道流进了鼻腔，那个通道就像眼睛的下水道，我们称之为泪道。

在冬季，一方面，受到冷空气刺激，眼睛会反射性分泌更多的眼泪。但另一方面，负责排泄眼泪的通道——泪道，却会遇冷收缩。泪水多了，通道窄了，泪液来不及从原来的泪道排走，多出来的部分只好从眼睛流了出来。

特别是老年人，由于相关肌肉群松弛，泪液泵作用减弱或消失，会更容易出现迎风流泪的症状。

泪囊就是我们盛满了眼泪的地方。泪囊发炎，就可能会让人流眼泪，或者看上去眼泪汪汪的，但其实这是一种炎症——泪囊炎。

今天就给大家介绍一下什么是泪囊炎。

慢性泪囊炎 ➕

泪囊炎一般分为急性和慢性。

慢性泪囊炎不会引起患者不适和影响视力，很容易被患者忽视，其实慢性泪囊炎是十分危险的。

充满泪囊的脓液里含有大量的细菌，细菌随时能随脓液排出，污染眼球。当眼球不小心受伤，隐藏在脓液里的细菌会乘虚而入，引起眼球的感染。

同时，慢性泪囊炎对眼睛手术如白内障摘除手术、青光眼手术、近视眼手术等也构成潜在威胁。如果在眼睛手术之前没有发现已经存在的慢性泪囊炎，可能造成手术后的严重感染，如眼内炎、角膜感染等，导致眼睛失明甚至眼球摘除等严重后果。这也是我们在进行内眼手术前必须常规进行泪道冲洗的原因。

如果合并慢性化脓泪囊炎，用药物保守治疗无效时，应及早选择手术治疗。

另外，慢性泪囊炎有可能急性发作，形成泪囊瘘，瘘管长期流脓，很难彻底治愈。如果慢性泪囊炎不及时治疗，将会持续对眼球构成上述的诸多威胁，所以我们常常把慢性泪囊炎比做眼部的"定时炸弹"。

慢性泪囊炎的治疗 ➕

由于慢性泪囊炎是由鼻泪管阻塞导致泪囊感染引起的，通过药物不能治愈，需要通过手术的方法恢复泪道通畅，充分引流泪道才能解决。

目前常用的方法是鼻腔泪囊吻合术和内窥镜下鼻腔泪囊吻合术。

近年来，青岛同德眼科医院开展了内窥镜下鼻腔泪囊吻合术，这是一种不留瘢痕的微创手术，适用于泪道阻塞、泪囊炎等顽固性疾病，在现有手术方法中复发率最低。因不遗留面部疤痕，这种手术受到一些年轻女性的偏爱。

而且，这种手术并没有年龄限制，手术创伤少、愈合快、复发率低，已经基本替代了传统的手术。

为了提高泪囊炎的治愈率、减少手术创伤，青岛同德眼科医院根据各项泪道检查结果综合判断病情，制定个性化的治疗方案，同时采用先进的技术和仪器因人而异地制定治疗措施，为患者解除泪道阻塞和流泪的痛苦，让更多的患者"擦干眼泪"。

（写于2017年11月5日，部分资料由青岛同德眼科医院姜玮提供）

选对人工晶状体，
给他"看得清"的幸福

近年来，白内障已经成为越来越多老年人视力健康的"杀手"。据调查，白内障是老年人最常见的致盲和视力残疾的原因。

随着岁月的流逝，人渐渐老去，身体里的各个器官也开始衰老，再加上营养不良和内分泌紊乱，视线也变得模糊，白内障就容易在这个时候侵袭老年人的眼睛。

不过，老年人患上白内障并不可怕。要想治愈白内障，比较好的方法就是进行手术。

在前期的文章中，我曾经说过人工晶状体可实现白内障的治疗。

人工晶状体是白内障手术治疗不可缺少的。近年来由于患者对视觉质量要求的不断提高，白内障手术已经从单纯的复明手术提升到屈光手术的高度，而各种新型功能性人工晶状体也不断应用于临床，主要包括以下几类。

非球面人工晶状体

球面像差是植入球面人工晶状体后，影响白内障术后患者功能性视觉的主要原因。所谓球面像差，是指光线经过透镜折射或面镜反射时，接近中心与靠近边缘的光线不能将影像聚集在一个点上的现象。各种非球面人工晶状体的设计目的均是消除人眼的球面像差，以提高光学质量，获得良好的视网膜图像。

矫正散光型人工晶状体

对于术前具有角膜散光特别是散光度数较大的患者，即使进行白内障手术，术后仍可能会存在视物模糊、扭曲的现象。这类人工晶状体在普通人工晶状体的基础上加上矫正散光的柱镜，能有效矫正角膜散光，获得良好的视觉质量。

多焦点人工晶状体

多焦点人工晶状体分为折射型和衍射型，均通过分散进入眼内的光线达到视远和视近的目的。这类人工晶状体是与普通单焦点人工晶状体相区别的。由于普通单焦点人工晶状体没有调节作用，白内障患者术后看近物依然需要戴老花眼镜，而植入多焦点人工晶状体后，患者看远看近同样清晰。

此外，还有三焦点人工晶体，这是一款新型的、全程优视力的人工晶状体，适合白内障人群和老花眼人群。

白内障患者做手术需要植入人工晶状体，而传统的人工晶状体是单焦点和多焦点的，不能看远或者不能看近，或者能看远、看近却不能看中间距离。植入三焦点人工晶体，术后视力好，拥有优质的中间视力和夜间视力。

老花眼人群想要摆脱眼镜的束缚，也可以选择三焦点人工晶体。植入三焦点人工晶体，老花眼患者不用戴眼镜即可拥有优质的视力，看书、看报纸、玩电脑，样样轻松，再也不用烦恼了！

还有一款高端人工晶状体ART，A代表非球面，R代表多焦点，T代表散光。这种晶状体既是非球面的，又是多焦点的，又能矫正散光，综合了上述这三类人工晶状体的功能和效用。

人工晶状体种类多种多样，那么患者在治疗白内障的时候应该如何选择人工晶状体的类型呢？

患者主要是根据自己对术后视觉质量的要求和医生的诊断来选择人工晶状体。有以下几点需要注意。

1. 如果术后并不需要过多看近，可以选用一个单焦点晶状体，以看远清晰为主要目的，看近时佩戴老花眼镜。

2. 如果选择蓝色滤过型人工晶状体，可获得对视网膜的保护作用，特别是对存在视网膜及（或）黄斑病变的患者更为适合。

3. 选择非球面人工晶状体则可获得更为清晰的视觉效果及夜视力。

4. 植入多焦点人工晶状体、可调节人工晶状体是为了不戴眼镜。对看报纸或者电脑等视近距离多的患者，如果经济条件允许，可选择这两类人工晶状体。

5. 角膜散光大于1.5 D以上的患者，选择散光型人工晶状体，可避免术后角膜散光影响视觉质量。

今天是父亲节。我们常说，父爱如山。

父亲对子女的爱，深沉内敛，无言厚重。

年轻时，父亲那坚定有力的目光，曾经让我们变得坚强，给予我们温暖和力量；而如今，岁月却给那双坚毅的眼睛蒙上了一层尘埃，失去了往日的清晰。

也许，他现在正被白内障或老花眼困扰着。也许，他需要一双明亮的眼睛好好看看你。

如果平时太忙碌，给予父亲的关心太少，那么这个父亲节，作为子女给父亲最好的礼物，就是让他恢复看近、中、远都清楚的青春视力，让他拥有"看得清"的幸福。

让他拥有"看得清"的幸福，让他"看得清"我们的幸福。

（写于2017年6月18日）

学校布置这种作业有创意

　　今天午休，随手翻了一张报纸，看到这样一则新闻：杭州一所小学周末给学生们布置了"出门晒太阳"的作业，这项特殊的作业叫"我和太阳有个约会"，要求孩子们放下课本，到户外参加一项有趣的活动。

　　原来，杭州过年前后阴雨连绵，学生们的寒假生生被局限在了室内，对太阳的渴望非常强烈。

　　于是，该校校长在开学后的第一周便通知各班级周末不要布置书面作业，学生仅需在户外进行活动并拍照片发给老师看。

　　在教育焦虑情绪弥漫的当下，这个"晒太阳"作业，为学生送来了暖意，让人眼前一亮。媒体舆论纷纷赞扬这个作业有创意，体现了学校对学生的关心，称赞这种教育充满了人文关怀与人性的温度。

其实，学习最大的意义不仅仅在于获取知识，更在于健康成长。而这个"健康"，包括身体健康和精神健康。

"晒太阳"这项作业的最大价值，就在于充分认识到户外活动在满足孩子身体和心理成长中的价值。

单纯就眼睛健康来说，户外活动对视力保护就有很多益处。在孩子的成长期内，每天1~2小时的户外活动，将有效预防孩子近视。

为什么户外活动能预防近视呢？主要有三方面原因——

维生素D

晒太阳可以促使人体合成更多的维生素D。维生素D可以增加人体对钙的吸收。

钙是人体不可缺少的元素。仅对眼睛而言，缺钙易使眼球壁的弹性和表面张力减弱，在近距离用眼或在低头状态下，易使眼轴拉长而发生和发展近视。

多巴胺

晒太阳促使人体分泌更多的多巴胺。多巴胺可有效抑制眼球的增长，从而可以抑制近视的发生和发展。

自然阳光

户外活动时阳光为全光谱光源，视线景深较深且清楚，运动时交感神经较活络。

阳光可使孩子瞳孔收缩，加大眼睛的聚焦力。同时阳光太强的时候，人们一般不会太多地近距离用眼，而是更多地眺望远方和活动，使眼球得到放松，有利于近视防治。

因此，只要是在户外，哪怕只是静坐，也会比宅着对眼睛更有好处。

而且，户外活动对防控近视的作用早已在国际得到了科学认证，也取得了具体的科学实验数据。

2017年6月6日，第二十二届全国爱眼日主题就被定为"'目'浴阳光，预防近视"，倡导学校和家长多为孩子提供户外活动的机会，以预防近视。

2018年，习近平总书记做出重要指示，强调要做好青少年近视防控工作，共同呵护孩子的眼睛。

除了预防近视，户外活动还能强身健体、活跃机体、开阔心胸，有益孩子身心健康。

当下社会提倡素质教育，素质教育不是单纯的反应试教育，它反对的是课堂教学过度挤压孩子们的自由空间，倡导的是增加孩子们户外活动时间，让孩子们多"目"浴阳光，多接触大自然。

走出来，也能远离电子商品的诱惑，贴近自然，在阳光下，放松身体和灵魂，尽情呼吸成长需要的氧气，真正健康地成长。

所以说，"晒太阳"这种作业有创意、有智慧，值得点赞和普及。

（写于2019年3月2日）

眼里的黄斑不是"斑"，
黄斑变性却是病

首先，我想让大家先来做个测试。

以下这张表格（如下图）称为阿姆斯勒方格表。您需要这样做：

1. 在光线充足的条件下，把表格放在距离脸部30~40厘米的地方。

2. 患有老花眼或近视者，需戴原有眼镜进行测试。

3. 用手盖左眼，用右眼凝视方格黑点。

4. 重复步骤1到3检查左眼。

当凝视中心黑点时，发现方格表中心区或其他区域的黑线出现弯曲、断裂或变形，或者方格部分位置出现模糊或空缺，就可能预示着眼底黄斑区出现病变，黄斑功能受损，应尽快至眼科医院就诊。

什么是黄斑？ ➕

初次接触这个词，很多人以为黄斑是病，是眼睛长斑了。实则不然，黄斑是一个正常的眼睛结构，因富含叶黄素，呈现出黄色而被命名为黄斑。

黄斑是视网膜中决定视力的重要细胞聚集的中心部位，识别物体形状、大小、颜色等大部分光的信息。

如果这个部位发生异常，会引起视力的下降。并且，黄斑中心部位有个称为中心凹的最重要的部分，如果这部分出现异常，则视力下降还会更加严重。

黄斑的三大功能

一是光觉：看见一切亮的事物

二是形觉：看物体的立体感

三是色觉：辨别各种物体的颜色

何谓"老年性黄斑变性"？ ✚

　　老年性黄斑变性是视网膜中心的黄斑部位衰老性改变，是由脉络膜上生出的不太好的血管（新生血管）引起的。新生血管脆而且弱，破裂后出血，或血液中的成分溢漏，黄斑水肿，使人看不清东西。

初期表现

视物变形，想看的部分看起来扭曲。

病情发展的表现

视力下降，想看的部分看起来模糊。

对比灵敏度下降，看东西整体上不鲜明。

中心变暗，想看的部分中心变暗。

老年性黄斑变性有哪些类型？ ✚

　　老年性黄斑变性根据脉络膜生出的新生血管有或无，可分为干性和湿性。

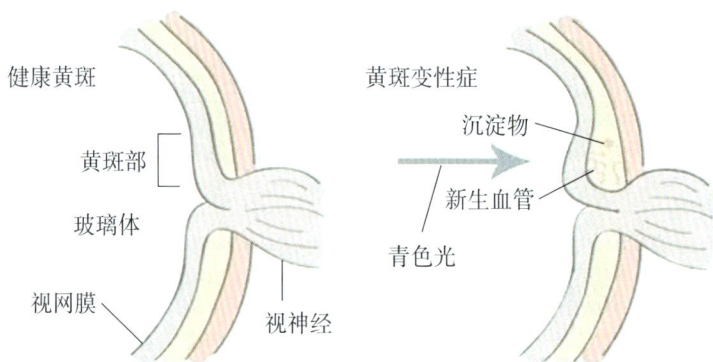

健康黄斑　黄斑变性症

黄斑部

玻璃体

视网膜　视神经

沉淀物

新生血管

青色光

干性

视网膜的细胞随着年龄增长而衰老，旧的废弃物积累，造成营养不良，慢慢萎缩。因为发展缓慢，有人没有发现，但随着时间的流逝，有时会生出新生血管，发展成湿性黄斑变性，因此需要定期到眼科医院接受检查。

湿性

这种类型是因为脉络膜上生出新生血管，出血等使视网膜受到损伤，发展迅速，视力将急剧下降。

老年性黄斑变性检查方法 ➕

由于干性老年黄斑变性早期对视力无影响或只会引起轻度视力下降，患者很难在早期通过自行检查发现病情，建议中老年朋友每年进行一次眼底检查，对于早期发现干性老年黄斑变性并及时监测其进展有很大帮助。

视力检查

眼底检查 、彩色眼底 、OCT及OCT血管成像

（OCT及OCT血管成像显示的黄斑变性）

湿性黄斑变性的治疗方法 ✚

眼内注射抗VEGF药物

人体中有一种能够激活脉络膜新生血管生长的被称为VEGF
（血管内皮生长因子）的物质。抗新生血管药物就是通过眼内
注射抑制VEGF作用的药物，控制新生血管的增殖和生长，这也
是目前较为安全、有效的治疗方法。

预防措施

禁烟非常重要。为了预防湿性黄斑变性的发生，有时要服
用补充叶黄素等营养的药物。多食蔬菜和水果。

黄斑变性是一种不可逆的眼病，致盲率很高，一旦患病就
不可能恢复到之前的状态，只有在病变早期进行干预，才有更
多机会阻止疾病对眼底的侵害，延缓黄斑变性的恶化，让视力
得以很大程度保留。

（写于2017年11月11日，图片和部分资料由江崇祥提供）

这种眼病严重危害儿童视功能，早期发现可以治好

　　最近有一个上小学三年级的女孩来就诊，她刚来医院时说看不清黑板。检查视力只有0.1，验光结果显示远视600度，要恢复视力已经很难了。

　　其实这种情况并不少见。门诊上经常有家长诉说孩子平时看电视距离很近，喜欢眨眼、歪头、眯眼看东西。

　　这些孩子检查的结果通常都有弱视。

　　大多人都知道近视，但并不是每个人都了解弱视。弱视是一种严重危害儿童视功能的眼病。今天就给大家普及一下什么是弱视。

什么是弱视？➕

弱视，也称懒惰眼。意思就是说，这只患病的眼睛很懒惰，不会主动去看东西。眼睛本身没有疾病，但是由于眼的发育不良等原因，即使戴了眼镜矫正之后视力仍然低于0.8。

大多数弱视是由远视、近视和散光等引起的，儿童斜、弱视若不在早期及时治疗，也将可能发展成为低视力或盲症。

弱视的分类　➕

弱视的发病率为3%～4%，它可以由不同的原因造成。我们常常把这些原因分成以下几类：

斜视性弱视

几乎每一天的门诊，我们都会迎来焦急的宝爸宝妈，让医生看看宝宝是否"斜视"了。

所谓斜视，是指注视东西时两只眼睛的方向不一致。这不仅仅是影响宝宝颜值的大事，更会对宝宝的视力以及双眼的协调配合使用造成影响。尤其是在出生6个月以内发生的内斜视，也就是我们常说的"对眼"，那只经常偏斜的眼睛的视力发育通常会比较差。

屈光不正性弱视

我们的眼睛是非常精密的光学系统和视觉器官，精确聚焦是视力发育的基础。出现高度屈光不正时，就像照相机无法聚焦，继而出现视觉功能发育受损。

最常导致弱视的是高度远视和散光，这两种屈光不正会让宝宝看远处和近处的物体都不清晰，出现双眼矫正视力（戴上眼镜的视力）低下。

屈光参差性弱视

所谓屈光参差，就是两只眼睛光学系统的焦距差别比较大，就像一条腿长一条腿短。焦距正常的眼睛有良好的视力，焦距异常的眼睛看到的物体是模糊不清的，两只眼睛看到的影像互相干扰，宝宝只好关闭了模糊眼的图像，造成弱视。

因为有一只眼睛是健康的，宝爸宝妈通常很难发现宝宝的视力问题，不能及时治疗，造成终生遗憾。

形觉剥夺性弱视

儿童先天或外伤性白内障、上眼皮下垂遮盖大部分瞳孔或者有角膜混浊白斑，就像遮光窗帘挡住外面的阳光，把屋子变得漆黑一片，视网膜缺少了外界多姿多彩的物像刺激，视觉神经功能发育受到干扰。

这种类型的弱视通常程度比较严重。很多白内障宝宝做了手术仍然视力很差，需要长期大量的弱视治疗。

弱视的危害 ➕

弱视最大的危害是不仅单眼或双眼视力低下，而且往往没有完善的双眼视觉功能，无法形成立体视觉，比如下楼梯时没有深度感，看显微镜没有立体感，不能充分掌握立体几何，等等，面对升学、选专业、就业等都将会受到限制，难以从事医学、建筑、军事、工程等领域的工作。

专家认为弱视的危害大于近视。患眼的视觉细胞和神经长期受不到外界物象的准确刺激而衰退，远视力低于0.8，如果不及时防治，患眼的视力便会永久低下，成为单眼视觉。长此以往，必然会加重健眼的负担，健眼的视力也会逐渐衰退。

弱视患儿除了视力障碍等症状外，其典型症状之一是对单个字识别能力比同样大小排列成行的字的识别能力高很多，这种现象被称为"拥挤现象"即"分读困难"。

所以，家长朋友们如果发现自己的孩子阅读能力差，请先不要责怪孩子，不妨到医院里做一下视力筛查。

弱视治疗刻不容缓 ✚

弱视的最佳治疗年龄是3～5岁。

值得注意的是，弱视不会有明显的症状，所以家长在平时生活中要注意观察，一旦发现孩子出现斜视或者经常闭一只眼，在看远处物体时表现出下巴上仰、脸转向一侧，要及时到医院检查。

弱视的治疗 ✚

　　首先，根据弱视的原因和程度，医生会要求患儿佩戴矫正眼镜，部分患儿需要做一定时间的遮盖，一些患儿可能会在开始治疗阶段拒绝戴镜和遮盖，这就需要患儿爸妈负起责任，鼓励孩子坚持治疗，并且密切监督执行。

　　弱视一旦延误了最佳治疗年龄，超过12周岁，治疗效果将非常差。

　　其次，要进行有效的视觉刺激，要充分使用弱视眼睛，进行精细训练，比如穿针、穿珠子、打乒乓球等这些家庭训练。

　　青岛同德眼科医院为了帮助弱视患儿恢复视力，成立了弱视训练中心，现在已形成了一套完整的治疗体系。根据每一位弱视儿童的具体情况，定制个性化的治疗方案，有针对地进行视觉训练。

　　当然，需要注意的是，治疗弱视的关键在于早发现。及时找专业医生诊治，多数可以治愈。

　　所以，父母应该建立起定期带幼儿做眼睛体检的意识，以便第一时间确诊病情，更加快速地实施有效的治疗方案。

　　此外，宝爸宝妈们要积极配合医生，坚持家庭训练和医院训练相结合，及早帮助患儿摆脱弱视的困扰。

　　不让"弱视"儿童变"弱势"儿童！

　　（写于2017年9月24日，部分资料内容由斜、弱视科主任江淑玉提供）

终于等到你！可缓解近视的滴眼药将在国内上市

今天是第23个全国爱眼日。

今年爱眼日活动主题是"科学矫正近视，关注孩子眼健康"。

自2016年以来，爱眼日的主题连续聚焦"儿童青少年近视防控"。

在电子产品泛滥的今天，青少年的近视发生率在逐年攀升，青少年近视防控问题已然成为当前社会面临的最严峻的问题之一。

针对近视的防控和缓解，我曾经写过相关的文章：《给他一个iPad，不如带他去户外"目"浴阳光》和《睡觉能治近视？晚上戴上，白天摘下，近视就得到控制》。

一个是"户外活动，多见阳光"，一个是"戴角膜塑形镜",这两个措施都是有证可循、经过临床实践证明的。

实际上,对于控制近视发展,目前还有一个有效措施,就是0.01%低浓度阿托品滴眼液。

新加坡国立眼科研究所在阿托品滴眼液预防近视方面的研究最为领先。

该项研究起始于2006年,将400名6～12岁的儿童随机分成若干组。其中3组儿童在夜间分别接受3种不同浓度的阿托品:0.5%、0.1%、0.01%。持续治疗两年后,医生终止治疗12个月。对于那些经过治疗视力变弱的儿童(视力降低0.5以上),研究者转而改成0.01%浓度的阿托品再进行两年的治疗,竟有以下重大发现:

——5年之后,与接受高浓度阿托品进行治疗的儿童相比,使用0.01%阿托品滴眼液的儿童近视眼程度更低。

——与未接受治疗的儿童相比,0.01%的阿托品滴眼液能减缓近视进程约50%。

——尽管还需要进行更多的研究,但是0.01%浓度的阿托品对于6～12岁的儿童使用5年的确是很安全的。低浓度的阿托品基本不会引起瞳孔扩张(<1 mm),不会降低对光的敏感性。

阿托品能抑制近视导致的眼睛轴向生长。虽然药物的作用机制还不清楚,但是没有副作用。

而就在前天,6月4日上午,国家卫生健康委员会召开专题新闻发布会,专门介绍科学防控近视情况。全国防盲技术指导组组长、首都医科大学附属北京同仁医院眼科中心主任王宁利在介绍《近视防治指南》《弱视诊治指南》和《斜视诊治指南》相关情况时提到，可以使用低浓度阿托品滴眼液来缓解近视，国家药监局正在评审，很快将在内地上市。

　　这个消息对于儿童青少年患者及其家长来说，的确是一个喜讯。

　　　　　　　　　　　　　　　　（写于2018年6月6日）

第三篇章

生活 **时光漫游**

拜　年

一元复始，万象更新。

大家过年好！

相信这两天，各位都经历了各式各样的拜年。

对于中国人来说，拜年是我们中国延续千年的传统习俗，是农历大年初一不可或缺的一件大事。

随着时代变迁和社会发展，如今拜年的形式越来越多元化，从打电话到发短信，从发短信到发微信，从语音到视频，与此同时，拜年本身也变得更为便捷。

然而，在便捷的同时，总感觉少了些什么。

记得我小时候，拜年都得"身体力行"。

大年初一这一天，人们都欢欢喜喜走出门，挨家挨户走年拜年。一般是先去村里自家长辈那里拜年磕头，先送上一句

"过年好"，然后再朝着正北给长辈一一磕头。

路上见了拜年的，也是点头拱手，彼此问候"过年好"。

简简单单一句"过年好"，却涵盖了所有的新年祝福。

20世纪60年代，那是我的小时候。记得大年初一，我和哥哥们一起回黄家西流老家拜年，十多里路要步行一个多小时。

回到老家后就跟着堂哥去给二奶奶和几个伯母婶婶拜年磕头，中午在他们家吃顿饭。

二奶奶去世后，堂哥就到我们家来，给我的爹娘拜年。中午也在我家吃饭，饭桌上把这一年老家发生的事情和变化叙述一番。

从60年代到70年代，这样的拜年习俗每年如此，直到二老去世。

初一在村里自己家族拜完年后，初二初三就开始走亲戚拜年了，用我们的话就是"出门"。

姥娘家、姨家、姑家……都走动一下，趁着过年的喜庆，团聚一下，交流交流感情。

80年代至90年代，随着生活水平的提高，中国家庭逐渐普及了电话。有了电话后，拜年不但能提早，还能翻山越岭，把常年不联系的天南海北的亲戚都联络起来。

再后来，有了手机就方便了，一个短信把祝福瞬间送达；再之后，微信流行，一段祝福可以用文字表达，也可以用语音和视频表达，单发，群发，发朋友圈，真是快捷方便。

然而，便捷也带来了草率。以前一句真诚简单的"过年好"，如今被大家点缀装饰成形式多样的新年祝福，复制粘贴，眼花缭乱，飘然而至，目不暇接。

多了一些华丽的包装，却少了一些真实的温暖。

以前拜年得动脚亲自登门，现在只用动动手，抱着手机足不出户，写一段祝福，发几句语音，录两段视频，然后一键群发。

几分钟，就把过去需要花上好几天拜的年给搞定了，亲朋好友间的走动越发俭省了。

有时会想，手机拜年，到底是跟风创了过年的新潮，还是变相疏远了亲友间的距离？

本来，一年到头，大家都在为了各自的生活而奔波，相聚见面的机会就不多。春节这个大团圆的节日，就是为了让家人都聚在一起，庆祝新年。走亲访友拜年更是为了多多交流，拉近彼此的距离。

过于依赖手机拜年，只会丢了传统，让亲友之间的距离越来越远。

其实，在这个越来越智能化的时代，我们不得不承认如手机这类智能化工具给我们生活和工作带来的便捷，但是我们也不能一味依赖于这些智能化的工具。

传统的节日习俗，我们还是要保留沿袭的，两者并不冲突。

就像春晚，虽然屡遭诟病，但是它就像是一个传统习俗衍生出来的仪式，像一份年夜饭，每年都会端出来。

可贵的是，春晚每年都会结合网络新科技进行全民互动，守旧又创新，又不失春晚的传统。

手机拜年乐趣多，但传统拜年也不能丢。

亲朋间该有的走动不能少，别让新潮疏远了距离。

祝愿大家拜年团聚好心情！

（写于2018年2月17日）

茶余小记

去云南出差，途经一个茶叶店，走进观赏。

小店空间不大，摆满了茶包、茶饼。小两口守着一个茶桌，热情招呼我和同伴进去喝茶。

正好走得累了，我们便欣然应邀，心里想着歇一歇，品品茶。

小两口年纪都不大，说起茶来却头头是道，对茶叶的理解和情感超越同龄人。

男孩取茶、择茶，女孩烧水、洗杯、冲盏。

女孩面带笑容，动作熟练，温柔地操控着茶具，不一会儿，就用热水冲出一道曼妙的茶汤。

茶叶在水的激荡下浮沉、伸展，慢慢飘出茶香……

那一刻，我觉得整个世界都安静下来。

　　他们，我们，和茶之间形成了一个神奇的磁场，让人放松释然。

　　我们一边品茶，一边听着男孩将这古树红茶的由来娓娓道来。

　　时间一分一秒地走过，我们沉浸在茶的世界，体味着每一泡茶汤的韵味和回甘。

　　身处异乡，精神却在自我的世界。

　　这之后，我们自然是买了这店的茶叶，却也是心甘情愿。

　　爱茶的人，对茶情有独钟。

　　我每到一个地方，有机会一定会尝尝当地的茶。

　　西湖的龙井、云南的普洱、福建的岩茶、台湾的乌龙茶……

　　绿茶、红茶、青茶、黑茶、白茶……国内各地的茶叶，我几乎都喝过。

　　每品鉴一种茶，观察汤色、闻香、品味、看叶形，就似解构原产地、茶树品种、加工方式、水源与茶汤的关系，就似寻找故事的线索与结局。

　　好生有趣。

　　茶叶大多生于山上，以山为筋脉；由茶艺人制作，从炒制到杀青，以技艺铸灵魂；热水冲之，在水中千变万化，以水为骨血。

一杯茶，就是一场人和山水的因缘际会。

一方水土养一方茶，喝不同的茶就如同跟不同地方的人交朋友。

出门在外爱喝茶。

在家，更是少不了茶的陪伴。

每天上班的第一件事就是煮水泡茶。

喝茶，能让紧张浮躁的心平静下来。

茶叶与水的融合，形成独具风味的茶汤，进入口腔，浸润舌头和味蕾，再顺着喉咙流淌进胃，余味悠长……

在这样的状态下开启一天的工作，精气神儿十足。

春夏，我喜欢喝绿茶。

崂山绿茶和鳌福绿茶，是我们本地的茶叶，风味独特，我每年都会囤一点"明前茶"，喝个新鲜。

每次冲泡，饮之，就仿佛在品味春天。

喝茶解乏。

每次长时间手术之后，我回到办公室的第一件事也是泡茶。

一个人，安安静静体味一杯茶带来的惬意和淡然。

闲来无事，也会以茶会友。

跟朋友喝喝茶，谈谈心，聊聊人生的不同感悟。

择茶、冲水、洗杯、倒茶、闻香、品茶……在整个过程中，所有的一切都围绕着一杯茶而存在。

"一叶一菩提"。泡茶喝茶，人茶合一，大家暂时忘掉心中的杂念，摆脱心中的欲望，静下来，沉下来，全身投入，体悟"此时此刻"。

想来，一枚枚小小的茶叶，出生于泥土或岩石，经过风吹雨打，历过高温百炼，遇上水和人，融入平凡的生活。

人呢，活在当下，四面八方，身动于浮世，很容易被环境左右，就像茶叶被沸水一遍一遍冲荡，却最终从浮到沉，舒展开来，返璞归真。

何其相似。

人生如茶，茶香四溢，饮者百味。

（写于2019年7月16日）

春日散记

最近有朋友问："怎么好久不见你写东西了？"

真是愧对了各位的关注。

太忙。

春节回来上班后，忙着理顺一些事情，一天忙下来，思想在动，手却不爱动。

一而再，再而三，就让惰性打败了，只留下了零散的感受。

| 打假

前天是"3·15"，全国的舆论环境都是在打假。

消费者似乎每年都集中在这个"消费者权益日"维权。

像春晚一样守时的"3·15"晚会，每年也都会揭穿一些骗局、黑幕以及曝光一些假冒伪劣商品，今年也不例外。

只是今年不敢动大品牌（只有一个大众），主攻"山寨"，让整个晚会显得打假力量不大、质量不高。

不是说"山寨"不能打，当然得打，只是搬到如此一个大舞台，着实有点小材大用。

搞得整个"3·15"晚会像是拿"山寨"说事，没有惊喜，却很有"槽点"，成了一个形式环节，让人觉得不"走心"。

央视打假企业，各个地方台呢，自然也不能少了姿态。

除了在这一天奔赴各个企业和消费场所维护消费者的权益外，还得配合各部门宣传"3·15"。

似乎都在打假，可看起来似乎都很假。

其实，这个世上假的东西太多了，一天显然不够。

还有，我们每个人，有没有经常打打自己的假？比如说，人人都可能说过的假话。

拿出一张纸，自己悄悄罗列一下。

追剧

晚上闲下来的时候，喜欢看看电视剧。

最近看的是陈道明主演的《楚汉传奇》，讲的是刘邦和项羽的故事。

这俩人物名气不小，学过历史的人都应该知道。

就算不知道，至少也听说过"霸王别姬""大风起兮云飞扬"之类的典故。

刘邦和项羽，一个是英雄，一个是枭雄。

自古美人爱英雄，所以，项羽除了被美人虞姬爱慕，也被历代才女"暗送秋波"，比如大才女李清照就写过"生当作人杰，死亦为鬼雄。至今思项羽，不肯过江东。"

句句充满仰慕和惋惜。

而刘邦，从一个地痞流氓成长为一代枭雄，演绎了时势造英雄的传奇，也开启了大汉朝的辉煌。

史书上，总爱把两人拿来对比。喜欢项羽的一般就会贬低刘邦，喜爱刘邦的必定觉得项羽不可与其同日而语。

司马迁在写《史记》的时候，把失败的项羽和赢家汉高祖一样写进"本纪"，说明司马迁是欣赏项羽的。

有人说，最容易打扮的是历史和小姑娘。

所以说，我们现在知道的历史连同人物，不知道经过了多少人的打扮。

不过还好，历史留下了他们。

读唐诗

买来的唐诗选读，偶尔拿出来读一读。

这才发现，盛唐真的不止有李白杜甫白居易，太多不知名的诗人，写的诗同样让人惊艳感动。

比如这一首——

秋夜喜遇王处士

[唐] 王绩

北场芸藿罢，东皋刈黍归。

相逢秋月满，更值夜萤飞。

朴素自然，却富有情趣。把诗人悠然自得的田园生活，舒缓轻松地表达出来，让人不自觉地被这种田园生活所吸引，被这种宁静安详的乡村之夜好友相逢的喜悦感动。

短短一首五言绝句，真率自然，不假雕饰，融情入景，不经意地点染出富于含蕴的意境。

简洁明快，让人不由称赞——好诗！好诗！

诸如此类，不胜枚举。

乱世出英雄，诗人在盛唐。

| 迎春

这两天气温起伏不定，时而温暖如初夏，时而寒冷如返冬。

药王孙思邈曾说："春天不可薄衣，令人伤寒、霍乱、食不消、头痛。"

俗话说"春捂秋冻，不生杂病""二月休把棉衣撇，三月还有梨花雪"，所谓"虚邪贼风，避之有时"。

公园的迎春花开了，金黄灿烂，争当春天的第一使者。往后，什么梨花、玉兰花、桃花、樱花都会相继绽放。

冷虽冷矣，花一开，春的气息就出来了。

所以黎明和傍晚，出来散步的人又变多了。

散步挺好，走走路，再走走心。

身心交流，健康身心。

（写于2018年3月17日）

老房子里的时光

春天，真是一个让人心生美好的季节。

偶尔在周末，我会陪爱人回老房子，给院子里的花草剪剪枝叶，浇浇水。院外的无花果鼓出了嫩果，院内的桂花也新芽披绿。杜鹃和大头兰也都开了，粉颜羞笑似的，向我们点头。

时间过得真快。记得这栋老房子是1989年盖的。当时条件不宽裕，费了好大的力气七拼八凑才把房子盖起来，现在算来已有28年了。

房子住久了，自然而然就有了感情。

好长时间没回来了，我们俩收拾一下这儿，又挪腾一下那儿。转过的每个角落，都能引出一段回忆。

二楼是女儿们的房间。上来后，她们的小书架赫然展示在我面前，一下就勾起了我对她们童年往事的回忆。

大女儿从小文静、细心。记得她小时候，无论给她买什么，玩具也好，图书也好，她都非常爱护。她尤其喜欢看书。但那时候书少，加上条件不宽裕，给她买的也不多，导致她的"精神食粮"少得可怜。

她三岁时，我给她买了一本讲"神蛋的故事"的小人书。故事大概讲的就是：人要勤奋，别懒惰，也别贪婪。否则你就算是得到了神蛋（它有奇异功能），也会被水淹死。

现在若是说起这本书，她也一定记得。

我觉得爱看书的孩子有定力，所以自然也会很有耐心。大女儿的耐心之举，我至今记忆犹新。

有一次，她表姐送了她一幅拼图，很复杂的大拼图。第一天没拼完，我和她妈看着就有点着急了；第二天没拼完，我们就开始不耐烦了，甚至劝她放弃。没想到她非要坚持，用了整整三天时间终于拼完。当时，我和她妈都非常佩服她。

有人说，习惯决定性格。从小养成的习惯不一样，性格自然就不一样。

我家老二，跟她姐姐的性格差异就很大。老二小的时候活泼调皮，特别喜欢小动物，跟猫啊狗啊鸟啊，都能成朋友。小时候，经常去她五大爷（外号"鸽子神"）家，把他家的鸽子"捣鼓"到自家来。

皮孩子就喜欢动手，破坏力强。老二小时候，见到玩具就拆。那时候，我有个在玩具厂上班的朋友，送她很多很多玩具。光是玩具汽车，她至少"解剖"了20辆。干啥呢？好奇！非要看看汽车里面的构造。

不过，还别说，这孩子直到今天，动手能力还很强，家里的电器什么的如果坏了，她一看就"通"，能上手维修。

真是"善于破坏一个旧世界，就能建设一个新世界"。

呵呵，触景生情，睹物思人。

时光如梭啊！一晃这多年就过去了。两个女儿都已长大成人，现在也都各自做着自己喜欢的事儿。身为父母，我和爱人，也算是尽了为人父母的义务，为她们骄傲和欣慰！

每天忙忙碌碌。偶尔来老房子看看，老树依旧，郁郁葱葱，新花绽放，娇艳欲滴，一切都这么美好！

时光啊，你觉得它走了，其实它一直在那儿！

（写于2017年5月13日）

米米大王驾到

距离上次来过春节，米米（我的外孙女）已有八个多月没跟我们见面了。当然，如果算上视频聊天，也没有这么久。平常，我们经常跟她视频，不过，她姥姥是主角，我是配角。

网络信息化时代真好，相隔千里，也能经常"见面"。

时间过得真快呀，差两个月，米米就满三周岁了。

"姥爷，我坐上火车了，晚上见！"回即墨之前，米米就通过手机在我家的微信群给我们传达了她出发的消息。

"好的，姥爷姥姥等着欢迎你们！"对着手机，我们跟她回应着。

如今通信发达，交通也一样。过去从北京到青岛要坐十几个小时的火车，现在高铁提速，坐五个小时就到。

米米一家回来过节，最高兴是她姥姥。她把上次去日本买的八音盒玩具早早准备好，又念叨着"女婿喜欢吃牛肉饺子，女儿喜欢吃海鲜"，亲自开车去把食材准备好，忙前忙后，却一点怨言也没有。

米米的小姨也是，提前两天就把安全座椅安好了，准备去接宝贝外甥女。

说来也奇怪，不知道她小姨用了什么"手段"，米米跟她最投缘，小姨说什么她听什么，像是吃了小姨的"迷魂药"，也像是孙悟空戴上了唐僧的紧箍。

米米一家回来的第一天，我们去了崂山脚下摘葡萄。

她姥姥早早起来做好了早餐，我也早早把安全座椅装在车上。

小机灵鬼摘葡萄可欢乐了，自己够不着，一会儿指挥她爸爸妈妈，一会儿指挥我和她姥姥，不亦乐乎。

吃葡萄的时候，她选了一个最大最红的，让姥姥帮她剥皮。一边吃，一边出着"洋相"扮鬼脸，逗大家开心。

米米自从回到家里，天天跳呀唱啊，做什么都兴奋。

家里有个扫地机，米米一来就盯上了，兴奋地喊着"机器人，机器人，我要玩，我要玩！"

她小姨立刻教她：摁这个键是探查，这个是干活，这个是回位充电……只学了一遍，她就学会了，高兴得手舞足蹈，来回操作那个扫地机，一边指挥着，一边跟着跑。

到了晚上9：30以后，她进入最兴奋的状态，一会儿唱儿歌，一会儿跳舞蹈，一会儿摆弄乐高……

到了第二天白天，她又到处乱窜，像售货员点货品一样，

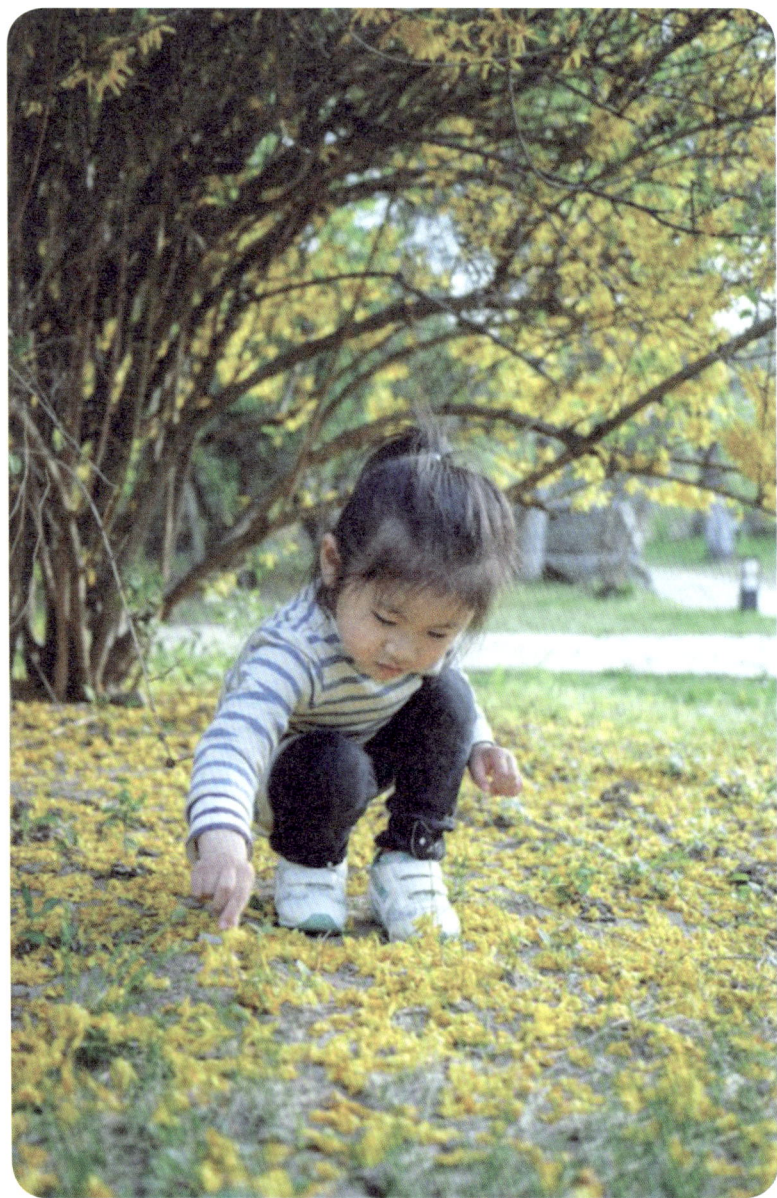

米米生活照

把家里几乎翻了个遍。还天真地跟她妈妈说："这个我家没有，那个我家没有，能不能带回去？"

真是——米米大王"闹天宫"。

看到她妈妈小时候的照片，竟然还能一一认出来，特别认真地看了又看后对她妈妈说："可以带回我北京的家吗？"

她妈妈说："这是姥爷的，你问姥爷吧！"

我笑着看了她一眼，没出声，她马上改口说："妈妈，我只要一张！"

我说："好，你自己挑一张。"

看着她挑了一张，我又问她："为什么挑这张？"

"因为这张妈妈最漂亮！"

一会儿看见一个漂亮的红色手提袋，她就把自己的小玩具往里放，然后对她小姨说："这个可以带回北京吗？"

小姨捂嘴偷笑着说："这是姥姥的，得问姥姥！"

…………

只要是看见了她家没有的东西，都想拿回北京的家。

于是，我打趣她说："米米，除了房子，其他什么你都可以带走。"

她听了，若有所思。

哈哈，真是个小贪婪鬼。

跟小孩儿多相处几天，人都变得充满童真了。

期待米米大王下一次的光临，看看她还能玩出什么花样。

（写于2017年10月12日）

她为春天带来了第一缕春色

气温还是不稳定。上一周艳阳高照20多度，这周一夜之间又返归"春寒料峭"。

北方的春天大概都是这样不定性？如此，才让人更惜春。

春天一来，室外活动的人就多了起来。

环秀湖公园，早晨和晚上来锻炼的人络绎不绝。

加之，春暖花开，来这里游玩赏花也成了最佳的休闲选择。

万物复苏，百花争春。

一到春天，公园就更美了。湖边的柳树已经垂下绿丝绦，随风摇曳，呼应着环秀湖的水波荡漾。其他的花草树木，也都蠢蠢欲动，欲达春意。

迎春花是早春的第一缕金色——黄色小花缀满绿色的枝条，远远望去，一片金黄，颇为显眼。

　　环秀湖的迎春花分布在公园中部，在小桥流水的两旁，大片金黄映着湖面，极为壮观。

　　黄色，是一种令人轻快、充满希望和活力的色彩。

　　所以，金灿灿的迎春花，看着就让人欢快愉悦。

　　不论是早上还是晚上，我一有时间，就去环秀湖公园走走。

　　今年湖水的存量是近几年来最多的。水蕴含生命，哺育生命，周围的花草树木都与它息息相关。它们相互影响，共同作用，构成一幅完美的生态图景。

　　它们是最好的空气净化器。

　　迎春花别名黄素馨，因其在百花之中开花最早，花后即迎来百花齐放的春天而得名。

　　迎春花不仅花色端庄秀丽，气质非凡，还具有不畏寒威、不择风土、适应性强的特点。所以，在这样乍暖还寒的春天，她才能够拔得头筹。

其实，还有一种黄色的花，极易被人们误认为迎春，那就是连翘。

两种花都是早春开黄花的小灌木，但其实是有区别的。最明显的是在花瓣上。迎春花的花瓣为5～6片，连翘的花瓣为4片；再者，枝条也不一样。迎春花的小枝条基本为绿色的，有明显的四条棱，而连翘的小枝条是黄褐色的，基本是圆柱状的。

不光在环秀湖公园，马山公园、道路两边、小区里的迎春也都陆陆续续开了。那一片凌乱的花枝中，零散开着的花朵雀跃地向人们传递着春意。

在这样盎然、灿烂的春意面前，你无法不感觉欢快，纵然心头还负着重担，也暂时放下了。

迎春花

身披黄袍衣，
笑含胭脂粉。
吐艳秀春姿，
盛发待众芳。

美好的事物总会让人的心灵丰盈。

祝各位春天快乐！

（写于2018年4月5日）

她一年年变得越来越美

每天的早上或者晚上，来环秀湖公园锻炼的人络绎不绝。有开车来的，有骑自行车来的，也有步行来的。

男男女女，老老少少，好不热闹！

我是常客。几乎每天早、晚各报到一次。

于我而言，这里是充满回忆的地方。走在这里，我常常想起以前的时光。

我从小住在石棚水库周围，自幼和石棚水库相伴，与水库建立了深厚的感情。

记得20世纪60年代，我大概上小学四五年级。那个时候，几乎没有什么休闲娱乐场所，水库就算是"好玩"的地方，因为可以游泳。

一放伏假（暑假），我就到生产队去劳动。生产队长让我放牛割草，和三个小伙伴一组，每人放一头牛。我们到河边骑上牛，沿着河来到库区草场，把牛一撒，人就"扑通、扑通"跳进水库，徜徉其中，捉鱼摸虾。

遇上雨季，更是好玩。

暴雨过后，水从溢洪闸外泄，水库里的鱼也顺水而下。在东河扎网捕鱼，可捕到十多斤的大鱼……

那种心情，甭提多高兴了。

所以，那时候最盼望的就是雨季。

石棚水库是1958年开始设计施工的，1960年建成。

不难想象，在当时那个科技不发达、工具又严重缺乏的年代，这种大工程一定是动用了很多的人力物力。

石棚水库的建成，在当时好像一条长龙，流渠万亩田。

由于水源充足，当时小麦亩产超千斤，年年取得大丰收。

蓄水、供水，防洪、灌溉，改善环境，石棚水库除了这些基本作用，还具有旅游观光的功能。

在这里聚会，组织个集体活动，在当时也是常事。

我印象最深刻的一次是，为纪念毛主席畅游长江，人们在石棚水库举办了盛大的横游水库庆祝活动。

记得当时，人民解放军方队，城关民兵连方队，工人方队、女民兵方队、青年方队、中学生方队畅游水库，你争我赶，声势浩大，有一种"全民皆兵"的场面感。

岁月蹉跎，时光如梭。

如今的石棚水库，早已旧貌换新颜，更名环秀湖。

　　2015年11月至2016年6月，即墨政府和环秀街道办事处为民办事，规划建造出现在这座北靠环秀湖，南依东城山的湿地公园，免费向市民开放。

　　足球场、篮球场、排球场、网球场、羽毛球场，各种体育场地应有尽有，连门球场的设施都一应俱全。

　　这里变得越来越好。全城的体育爱好者慕名而来，聚集于此，形成一道道美丽的风景线。

　　水常在而为湖，景愈多而成园。

　　各种各样的树木绕湖而立，为她一年四季变换新装。

　　这里变得越来越美。夜幕降临，公园周围所有的太阳能路灯集体亮起，自行车道、人行道、跑道相互交错，湖面在灯光柳影下显得那么的幽美。

彼时，从四面八方赶来的各种体育项目的爱好者，纷纷投入自己的"赛区"，动感矫健的身姿，展现的是一个充满活力的美好时代的影像。

如今，环秀湖公园二期工程又开工了，据说将在2018年建成。我充满期待。

何其有幸，能够亲眼看着她一年年变得越来越美！

为家乡自豪！

（写于2017年10月26日）

童年的中秋月饼，让我回味至今

要过节了，又回到老房子。

养了14年的桂花，含苞待放，预示着中秋佳节的到来。

又是一年中秋节。站在院子里看着这棵桂花，思绪忽然就回到了小时候。

想起了小时候过八月十五吃月饼的事。那是1965年，我上小学三年级。

那个时候，是真盼望过节。尤其是小孩，离过节还有好多天就开始念叨。

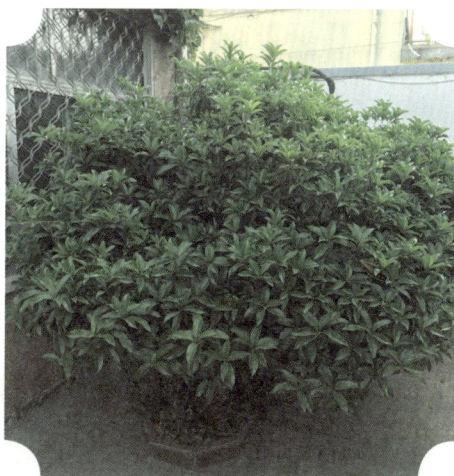

为啥？因为过节可以改善生活，吃到和平常不一样的可口的饭菜。

用现在的话就是"吃大餐"。

那年过中秋节，母亲提前好几天就开始做准备——先蒸了"大寿桃"（馒头），又让父亲买了8个月饼。

那时候的月饼都是散装的，也没有华丽的包装。这8个月饼，4个送给了姥姥，4个留下过节吃。

当时我家里有6口人，大姐已结婚出嫁。

过节那天，母亲一大早起来忙碌，先将买来的芋头刮皮、洗净、切好。看着母亲准备这些，我和哥哥姐姐开始期盼中午快点到来，好吃上这一年一度的中秋大餐。

终于盼到中午，我们兄弟姊妹迫不及待地往家跑。回到家，母亲一揭窝，香气四溢。

母亲把炒好的芋头盛到盘里，我们就着白面"大寿桃"大口大口吃起来，真可谓是"大快朵颐"。

特别是吃到芋头"嘎渣"，配着香喷喷的"寿桃"，那种美味简直无法用语言形容。以至于多年后的现在，我还经常回味起那"一口"，但是怎么吃，也吃不出那种味道了。

那时哥哥们已下地干活，饭量大，两盘炒芋头，3个"大寿桃"，十几分钟就"消灭"了。还没等到忙碌的母亲坐下，饭菜已经吃得不多了。

母亲也不责怪，还跟我们说："都吃完了！吃完了，我好给你们分月饼吃！"

她把月饼一切两半，为了兼顾公平，切得小心翼翼，不偏不袒，每人一块。

我拿到月饼，咬着馅里的青红丝和果仁，细细品味。那么香，那么甜，那种香甜的味道从口中直冲到你的心里，让你都不舍得下咽。

八月十五一过，这等美味也跟着节日告一段落。要想再吃到，只能等下一年了。这短暂而又珍贵的美味，就这样深深印在童年记忆里……

改革开放以来，祖国日益昌盛，咱们老百姓的生活水平也逐年提高。

如今过中秋节，什么馅儿的月饼都有，莲蓉、五仁、豆沙、枣泥、椰蓉、栗蓉、蔓越莓、芝麻、火腿、蛋黄……

品牌、口味也是各式各样，什么稻花村、玉龙，广式的，苏式的……

即使不过中秋节，我们在平常也是想吃就能吃到，不用像小时候那么巴巴地盼望了。

只不过，美中不足的是，再也寻不回小时候过中秋吃月饼的味道了。

（写于2017年10月2日）

无意花为媒，憨恋芍药香

芍药歌

丈人庭中开好花，更无凡木争春华。

翠茎红蕊天力与，此恩不属黄钟家。

我家和医院院子里种了很多芍药花，最近几天花朵盛开，带来了春景春意，也勾起我和我老伴的故事，这故事里面就有芍药花……

我和老伴老邹从前住邻村，那时小韩村和冢子头像一个自然村一样，我和她是小学及中学的同学，用现在的话叫发小儿，所以自然而然特别了解。但是我们小学不在一个班，接触不是很多，只因为和她的班主任宋延芳老师熟悉（我二姐是小学教师，和宋老师是对桌同事）。那时宋老师长得年轻漂亮，男女同学都喜欢她。时间久了我对她班同学也都认识。

记得那是1964年，生活困难，学校没有课桌，用泥做课桌，凳子自带，教室连窗户也没有。班级的同学年龄相差都有四五岁的，一个学期下来要换好几次教室，但是能上学有老师教已经很知足了……

老邹小的时候长得可爱，眼睛大，比较吸引异性，男同学都认识她。下课踢毽跳绳也比较俏皮。她大姐在青岛制布厂上班，所以她穿着也比较干净俊俏。这是小学的印象。

在中学时，我俩是一个班，那时正处在"文化大革命"时期，上午"天天读"（读毛著讲心得），下午"勤工俭学"，大河边落沙（用网过沙）卖给生产队，没有英语、历史、地理等基本课程，也没有课外书读。我记得这样的中学时期也就维持了半年多，后来她转学去了威海，好多年再就没见面。

我中学毕业后回村做了乡村医生，那时已20岁了。我和小韩村乡医李崇敬是好朋友，而当时这个李医生和我未来的岳父也是好友。那年春天，也就是现在这个季节，李医生带我去看芍药花，就去了她家（当时不知道是她家）。记得当时一进门就看见满院子芍药花，有红的、粉红的、橘红的……五颜六色，美丽极了。

"这是小黄，河西村的医生。"李医生向她父亲介绍我。"大爷好，你家这花开得真好！"我礼貌地跟老人打招呼。然后，老人沏了一壶茶，我们就聊了起来。看他家的相框，才发现有她的照片，心想：这也太巧合了，竟然来到了老同学家。

"大爷，我和你家老四淑香是同学。"嘴里这么说着，心里却想很多年没见她了，她在家该多好。从那时起，就开始动"歪心思"……

有了"歪心思"后，每年春季到她家去赏花就成了一项常规活动，就这样连续去了三年多……

《红楼梦》有"憨湘云醉眠芍药裀"，我大概就是"憨乡医醉恋芍药香"吧。

老实交代，我俩真正开始接触还是从1979年。那年我已经24岁了，经我的好同学江丰世（丰世的嫂子是我三妻姐）介绍，我们才确立了恋爱关系。从此，不仅是春季赏花，送鲅鱼也成了常规活动。

说实话，非常感谢芍药花，无意花为媒，我才有幸和老邹一直相伴至今。其实，我最应该感谢的就是她，她跟我这辈子也不容易。我娘去世得早，爹也有病，刚结婚时家里不宽裕，生了孩子也没有人看。她出了很多很多力，也吃了很多很多苦。在我事业发展的道路上，她对我的帮助也最大，是我坚强的后盾。

现在，她虽然退休了，但是"监察局局长"还兼着，职责就是偶尔反对我、纠正我，让我不至于自负、独断，头脑清楚、认清方向。

感谢春天，感谢芍药花。

感谢她！

（写于2017年5月2日）

迎春赏花小记

又是一年喜迎新春时。

好友老李送了一盆新花，老伴借此机会又把家里的花花草草好好"捯饬"了一下。

老伴她喜欢养花草，什么富贵竹、吊兰、绿萝、杜鹃……品种挺多，好多品种我都不认识。

对于这些绿色小生命，她像呵护孩子一样，特别用心。比如说，多长时间浇一次水，喂一次"奶"，喝一次"啤酒"……她都打理得明明白白。

因为她的用心，花草也都欣欣向荣，绿意盎然，招人喜爱，为家里增添了生机和活力。

养花的人，是对生命充满热情的人。

记得岳父在世的时候，也是个"花痴"。

20世纪七八十年代，即墨城有个花市，在郭子崖子下面，他逢集必去，看看集上有什么好花，跟人家聊聊什么花有什么特点、什么习性……那种享受其中的痴迷劲儿全写在脸上。

不必说，岳父养的花自然也是极好。

我现在印象最深的就是岳父养的杜鹃"十二壹钟"。那花儿在春节开放的时候，异常美丽，似嫦娥飞舞，为新春锦上添花。

父母对孩子的影响可能是伴随终生的。老伴"继承"了她爹的爱好，对花特别有爱心和耐心。

养花成了她生活中的一大乐事。

对此，孩子们也很支持。女儿晓晨经常在网上给她购置新品种。

其中有一颗朱顶红，我记得是从长春发货，收到的时候只是一个小小的花球，现在已经花团锦簇。

水竹也在她的呵护下郁郁葱葱，一片生机。

老伴很有成就感。

说来，花，观之赏心悦目，闻之香气宜人。

家里有花，我们都受益。

养花可以净化空气，优化居住环境；养花、赏花又可以让人精神放松，心情愉悦。

有时候，看老伴儿乐此不疲地捣鼓这些花花草草，我也学着浇浇水，拔拔枯叶。

偶尔工作累了或者心情不好，回到家，看着这屋子里的花花草草，烦躁瞬间就消失了一大半，心也跟着从容起来。

　　花草之美，美在这份沉静的生命，默然绽放；养花之乐，乐在这份闲情逸致，享在雅趣。

　　其实，无论是养花还是赏花，在人与花草接触的那一刻，两个不同形态的生命之间开始交流，这种交流是一动一静，动静传神，神领意会。

　　玄妙吗？这就是"花花"世界。

（写于2020年1月22日）

影响是随时随地的

早上开车上班，在小区出口处，一人突然骑着电动车逆行进来。

正是上班高峰期，车辆不断往外出，他的突然逆行让很多人不得不紧急刹车，引来一片责怨——会不会走？！

仔细一看，这逆行的人，电动车后座上还载着一个孩子，大约是上小学的年纪。

哎！经常会在上下班的时间，看到接送孩子的家长，"不走寻常路"。

都说家长是孩子的第一任老师，家长的很多行为，无形中都会被孩子模仿。

好的会，不好的自然也会。

你带着孩子不遵守交通规则，孩子也会觉得不必遵守。

你一次次的理所当然和侥幸，有可能影响孩子的判断和安全。

插队、加塞、逆行、乱扔垃圾、践踏草地、大声喧哗、乱涂乱刻"到此一游"等破坏规则、不守秩序的现象，在我们生活中常常遇到，甚至于司空见惯。

小的"不守"，看似无伤大雅；大的"不守"，却能害人害己！

还记得那个为了等丈夫扒着车门拦高铁的女人吗？还记得北京八达岭动物园老虎伤人事件吗？还记得屡屡被曝出的中国游客在国外被区别对待的新闻吗？

漠视规则，不守秩序，说到底就是对他人的不尊重和对生命的不敬畏。

大人灌输给孩子的应该是守秩序、讲规矩、懂礼貌……

然而，每一个给孩子的教导，都需要大人的身体力行来佐证。

去公园玩，要按秩序排队，而不要撺掇孩子"钻"到队伍前头，只为了省自己的几分钟；去坐火车，要正规买票，而不要为了省钱逃票，让孩子低头哈腰谎报身高；去景区游览，要保护名胜古迹，而不要为了留念就乱摸乱刻……

不要告诫孩子守秩序，自己却在一些小便宜面前打了自己的脸……

在成人的世界里，这些行为可能是他们生活的"小精明"和"潜规则"，可是孩子只会模仿，还分不出对错。

而等到会分辨对错的时候，也许已经养成了"习惯"。

这些年，我们在"守序"方面已经有了很大的进步，可是相比国外，还是差得很远。印象最深的是日本人和德国人。

日本人过马路，严格按照红绿灯的指示，连小朋友在没车没人监督的情况下，都会自觉地一个挨一个排着队过，不乱挤，不嬉闹；行车先让行人，停车井然有序。

德国人的守序更是全球公认的，他们对规则执行一丝不苟，在我们看来甚至都有点"死脑筋"。

但他们这种教育是随时随地的，已融入民族的血液中。

我十分钦佩。

一举一动，随时随地，从小到大，自然而然地形成"有规有序"。

我觉得，咱们中国家长有责任以身作则，给孩子做好榜样。

（写于2019年7月31日）

远去的年味

时间过得真快！又要过年了。

不过，如今大家都不像以前我们那一代的人，那么热切盼望过年了，所以感觉年味儿也越来越淡。

记得我们小时候，有首儿歌这样唱："小孩小孩你别哭，过了腊八还有二十二宿。"

小孩儿都掐着手指头算日子，期待过年。为什么喜欢过年？因为过年就能穿新衣服，吃好吃的。

现在回忆起小时候过年的情景，还是历历在目——进入腊月，大家就开始忙年，赶集、扫灰、置办年货……一直忙到年三十。

在这段时间，最让我记忆犹新的就是家里天天蒸气弥漫、香气四溢，母亲蒸馒头、炸鱼、炸肉的味道久久不能散去。

对我来说，这种味道就是年味儿，是一种最朴实的向往。

当然，年味儿还不止这一种味道。

赶年集

20世纪七八十年代，赶年集绝对是一道亮丽的风景。

我记得腊月二十和二十五的集最大，人山人海，大约有十几万人汇聚一起，把墨水河两岸都变成了人的海洋。商贩们见缝插针，画地为市。猪肉市、海货市、蔬菜市最大。鞭炮市最热闹，什么二起炮、摔炮、礼花炮，也是花样繁多。

杀年猪

印象中，还是在20世纪70年代初期。

过了腊月二十后，每个生产队都会组织宰猪，这样每人过年就可以分到两斤肉。

当时，大家都喜欢要肥膘，肥膘拿回家能炼成猪大油（当时植物油很少，农民每人每月才分到一两花生油），可炒菜吃。

那个年代，资源匮乏，什么都缺，尤其是吃的。人们对肉的渴望尤其强烈，能吃上一大碗蘸蒜泥的瘦肉，就算是过年的福利了。

所以，当时大家都非常羡慕军属家庭，因为军属在那个时候能分到一个大猪头。

做馒头

小时候，一进入腊月，我母亲就开始忙着做馒头和豆包。对于她来说，这是一项不轻的体力活。

一大早起来，母亲先做好发面引子（类似于现在的酵母）。第二天一早儿，再和上面，然后我们几个兄弟姐妹一齐上手。揉面最累人了，哥哥姐姐帮母亲揉面，我一般负责烧火。

蒸熟后，一锅白白胖胖的大馒头，看着就让人流口水。

光做馒头，就得忙活三四天，然后再榼花、蒸豆包（用地瓜干和豌豆）、蒸肉包……总之，过年前，把各种面食都准备好，就等着过年"开怀大吃"了。

主食备得足足的，寓意"丰衣足食"。这些过年的食物，其实都寄托着人们美好的愿望。

大扫除

过年前大扫除，我们俗称"扫灰"。一般是全家"总动员"，把家里的边边角角都清扫一遍，把橱窗玻璃都擦干净，床单、被罩、窗帘、衣服等等，能洗的都洗了，上上下下、里里外外都焕然一新，迎接新年。

不过，对当时还是小孩的我们来说，这是"忙年"过程中最不喜欢的环节。因为大人不让你出去玩，必须把家里的所有家具都搬到天井（院子），逐件清理擦净，真是挺愁人。

| 贴对联

写对联、贴对联是中华民族的传统文化在民间最朴实的传承。

每到过年，一般读过书、会写毛笔字的人，都乐于自己挥毫泼墨，创作对联，而且这种对联贴出去，也是一种才艺的展示。等到大年初一，拜年串门中有懂行的人，自然会欣赏点评一下，也算是一种"艺术交流"。

我最喜欢研究对联了。上联下联怎么对仗，何地何处如何用词，都是一门学问。

一般来说，大门对联贴"一元复始，万象更新""物华天宝，人杰地灵"之类，屋门贴"天增岁月人增寿，春满乾坤福满门""家居青山绿水畔，人在春风幸福中"之类……

什么对联贴在哪儿，都是十分讲究的。

说到这儿，忽然想起一个笑话，说一文盲过年贴对联，把"肥猪满圈"贴在睡觉那屋，把"抬头见喜"贴在猪圈中。虽是笑话，却也说明了贴对联这项民俗的普遍性。

| 贴年画

除了贴对联，年画也是人们喜欢"捣鼓"的过年艺术。

20世纪70年代前，农村人家还不是玻璃窗，大多是木格子窗。每到过年，封窗就换上新的封窗纸，有时还会加上剪纸，非常漂亮。比如，贴上两个麒麟送子的窗榜，贴上一张年画。

年画一般是去城里的新华书店选购。记得我家有张"李白脱靴"的年画，每到过年，父亲就拿出来挂上，挂了很多年。

…………

年华似水，带不走记忆深处的年味儿。

当然，关于"忙年"，远不止这些事儿。回忆很多，真聊起来，感觉会刹不住，就不在此一一列举了。

一年又一年，总觉得年味儿越来越淡。其实，细想一下，无非是因为现在生活条件变好了，很多当时只能在过年才享受到的东西，不再那么稀缺，不再那么让人心心念念。

其实，该有的仪式都还在，只不过味道不同以往了。

人们对过年的盛情不会因为时间的变化而改变。春节，永远是中国人最重要的节日。

因为这样的日子，承载着新的一年每个人对彼此最美好、最真诚的祝福——过年好！

（写于2018年2月11日）

院里的石楠树

医院院子里的石楠树每到春季就会开花。

白色的小花密密娑娑、洋洋洒洒，花团锦簇，宛若天上的云。

宋代张镃有诗云"石楠花似碎琼花"，说得正是此貌。

在这个春夏交接的时节，石楠花开得特别旺盛，配之以郁郁葱葱的绿叶和高大敦实的树干，十分好看。

我经常会在上班前后，徘徊在它的周围，找几个角度，拍上几张照片。

同事们也会如此，有的还会拍照发朋友圈。这几棵石楠树成了医院的"网红"。

石楠树耐寒耐旱，生命力强，对土壤的要求极低。

它四季常绿，早春红叶繁繁，仲春白花簇簇，夏季绿荫片片，秋季红果累累，冬季如伞覆白雪。

算起来，这棵树种在医院近20年了。它一年又一年，和医院一起成长壮大。

在这个院子里，它迎来送往，看过哀愁与欢乐，见过付出与收获。

春夏秋冬，一年四季，值守成长。

除了具有观赏性，石楠树还能吸附周围环境中的有毒有害气体，降尘环保。

叶和根可供药用，作为强壮剂、利尿剂，有镇静解热等作用。

石楠树还有一个名字叫作"端正树"。

相传杨贵妃被赐死在马嵬坡，唐玄宗掩埋了杨贵妃之后，往蜀中而去，在途中的一座寺庙里暂歇时，看到院中有一棵石楠树，开满了雪白的五瓣花，唐玄宗觉得这花开得美丽端庄，想起了杨贵妃，便称之为"端正树"。

唐玄宗认为它美丽端庄，喻之为爱妃，石楠树又被世人传颂为相思树。

而我，每当看到这一团团一簇簇美丽的石楠花，总觉得它端正、洁白，像极了"白衣天使"——洁身自好，于人有益。

（写于2019年5月8日）

院外的牡丹花又开了

我家院外的牡丹花又开了，雍容华丽。

每年春天，只要牡丹一盛开，我的心情就格外好，就仿佛是这美丽的花儿给我带来了活力。

细数下来，这牡丹也有30多年的花龄了，跟着我们一起见证着医院由诊所到如今的成长。

1986年，诊所从旧址搬至村委大楼，大楼后面有个院子。有一天，菏泽药材公司的刘希祥经理来找我，看到院子后对我说："黄医生，我送你些牡丹苗，今年秋天种上，既可以看花，根还可以当药材。"

就这样，老刘亲自做技术指导，帮我们在这个院子种上了牡丹。

三年后，牡丹开始开花。自此，每年春天都华丽绽放，芬芳盛开。

1989年，家里盖了二层楼房。我从诊所后院移植了两棵，种在家里院外，细心管理，浇水施肥，无不认真。牡丹茁壮成长。

因为种在院外，临着大街，牡丹花一开，花美香浓，成为一道风景，引得街坊邻居都来欣赏。

1993年，因为诊所扩建（大院加盖了门诊），不得不对牡丹做了处理，收了很多丹皮。近千棵牡丹，只有这株存活下来。

在这暮春夏初的四月里，她在枝头尽情绽放。花瓣恣意地打开，一层又一层，层层叠染。花开，倾其所有，像是燃烧着蓄积了一个冬天的力量，展示生命最完美的状态。

洁净无瑕的白牡丹，似白衣天使一样，年复一年，坚持自己的使命；娇艳婀娜的粉牡丹，似青春少女一样，风华正茂，展现自己的活力。

时光，随花开花落。牡丹，迎岁月花季。

人生是否也应该如牡丹，用尽所有的力量，在尘世间尽情绽放自己的生命之花？

（写于2018年4月21日）

金秋健步环秀湖

金秋的环秀湖是美丽的。枫叶红了，垂柳绿着，红绿相间，层次分明。湖面平静如镜。柳树的倒影，似少女的身段，曲线优美，婀娜多姿。

环秀湖虽不及济南大明湖，却也有了一种"四面荷花三面柳，一城山色半城湖"之感。

无论站在什么角度观赏，都像是一幅色彩浓郁的油画。

10月30号，秋高气爽，阳光明媚。在这美好的金秋时节，医院组织了一次环秀湖健步行活动。

下午3：30，活动正式开始。大家先合影留念。活动组织小组的丁主任和小邵非常用心，准备了"健步环秀湖，共赏秋之韵"的横幅，彰显出活动主题。

为了增加趣味，活动加入了比赛项目，并设立了一、二、三等奖和优秀奖。公平起见，比赛分为3个年龄组，分别是老青年组、中青年组和青年组。

起点设在停车场旁的小广场，终点设在大坝溢洪闸旁，为了安全，路线不包含公路段。

首先出发的是老青年组，中青年组和青年组随后依次启程。老专家们虽然年龄大一些，但经常锻炼，一点儿不亚于年轻人。李主任、于主任、隋主任前方开路，保卫科的杨师傅、仪师傅以及保洁队的宋大姐、黄英、隋云芳都不甘落后，和年轻同事一样雄赳赳、气昂昂地走在大道上。

70多岁的王友孔和尹敬平夫妇携手前行，互相鼓励，8千米多的路程一刻也没休息，一直坚持走下来。

中青年组在闫永明、于迎夏和赵俊鹏的带领下，矫健前行。刘彤岩、宋美华、高红英紧随其后，势均力敌。谁说女子不如男？终点相见，再来"华山论剑"。

青年组朝气蓬勃。时尚的运动装，衬托着红润的脸庞，每个人都像盛开的花朵，为金秋增添了一份别样的景致。

王倩出发时一马当先，带领大家迅速进入比赛状态。内镜中心的王静、屈光手术中心的刘富坤、特检室的高丽娜，都是运动健将。张腾腾、周芳你追我赶，旗鼓相当，不分伯仲。于承志、李典清、刘文科这几个小伙子个个生龙活虎，一路狂奔，决不能在姑娘们面前丢脸。

绕湖一圈，大家争先恐后，也谈笑风生。这一路，大家放下了平日工作时的紧张状态，轻松上阵。这一路，大家你追我赶，八仙过海各显神通。虽然也有比赛压力，但更多的是放飞自我，享受自然。

舒展开的身体状态，带来了积极向上的好心情。大家一路同行，有竞争有协作，相互鼓励，拉近了距离，增进了友谊，也增强了团队的凝聚力。

心随身动绕湖行，"目"浴秋色享自然。健步行，赏秋韵。真是一次有意义的集体充电！

（写于2020年11月1日）

第四篇章

诗歌 在一起

她，是同德之魂，有了她，同德永恒！

路

我是这支队伍的一卒一将

同 行

我们在一起

我在眼科病房

她，是同德之魂，有了她，同德永恒

青岛同德眼科医院从诊所发展到现在，已经走过了30多个春秋，同德人为此付出了辛勤的汗水，也见证着同德的发展和成长。近来，我常思考一个问题，医院靠什么发展？我觉得应该是一种精神，这种精神就是我们同德的魂。我用诚挚的心写了这首诗歌，歌颂这永恒的精神。

魂

患者需求至上，

是行动，

是指南。

有了她——

一丝不苟，精益求精。

患者需求至上，

是精神，

是理念。

有了她——

事业壮大，理想腾飞。

患者需求至上，

是追求，

是呼唤。

有了她——

赢得信任，获得尊敬。

患者需求至上，

是责任，

是智慧。

有了她——

医术创新，勇攀高峰。

患者需求至上，

是仁智，

是包容。

有了她——

爱心、细心、耐心、诚心，

心心相印。

患者需求至上，

是温馨的问候，

是服务的天平，

是创业的根基，

是同德的灵魂。

有了她——

同德永恒。

（写于2016年6月）

路

记得小时候，

妈妈曾经问过我：长大以后想当什么？

当工程师？像茅以升那样为国家建桥铺路？

当生物学家？像童第周那样解开细胞遗传之奥妙？

这样的理想，在儿时的脑海时隐时现。

然而，心灵的深处却始终有一个白衣天使的梦想。

这个梦想在我十六岁那年，更加坚定。

那一年，我年轻的母亲因重病离我而去，

带着悲伤，我坚定了立志学医的梦想。

1. 过去·感恩

我的奋斗，从这里开始。

四十多年前，我还只是一名小小的乡村医生，

我带着最初的梦想走进来，

学习、进修、实践……不断地充实自己。

幸运的是，在那个艰苦卓绝的创业初期，

一些经验丰富的行业前辈也带着关怀和支持走进来。

他们传道授业解惑，把自己珍贵的专业知识毫不保留地传授，

把自己多年的行医经验留在这里。

因为他们的加入和参与，

本地区最早开展白内障人工晶体植入的医疗机构得以创建。

那是一个为梦想打拼的青春时代，

我感恩那些前辈老师——

感谢即墨第三人民医院眼科主任王修德老师、

青岛大学医学院孙为荣教授、

老中医李延彬医生。

他们是我和同德的启蒙导师和指路人。

感谢江敦禄、张景文老师，

他们二位虽然已经离开我们，

但是留给同德的精神财富足够我们受益一生。

深切地缅怀他们！

同时，我们也要感谢各位专家老师，

感谢党和政府的英明领导、正确决策，

感谢同德全体员工的奉献，

感谢社会各界的关注。

因为有你们的鼓励和支持，同德才有今天的发展成就。

感恩意味着不忘初心！

感恩意味着坚守奋进！

2. 现在·拼搏

这里是梦想开始的地方。

这里承载着同德人共同的理想。

斗转星移，日新月异。

2000年，我市第一家民营医院——青岛同德眼科医院正式成立。

我的梦想在新世纪挺进现实。

同德在这里诞生，同德从这里出发。

扩建门诊大楼，购入先进设备；

培养优秀人才，引进高新技术；

坚守信念、集思广益、敢为人先……

同德以势不可挡的姿态奋勇向前，
逐渐成为在本地区规模最大、设施最完善、技术最先进的
专业眼科医院。

悬壶济世，为民办院。
同德坚持以"患者需求至上"的行医理念，
努力践行着一个现代化人性化医院的服务标准。
我们同德员工，人人爱国守法诚信敬业。
我们用爱心救治创伤，用真情化解疼痛。
看着一个个患者带着无助和紧张走进来，
充满欢心和感恩走出去，
我们是骄傲的；
看着一个个患者对医生的医术赞不绝口，
对护士的真诚推心置腹，
我们是骄傲的。
我们爱岗敬业，
携手并肩，同心同德。

公益扶贫、赈灾捐款、义诊助残、"光明行动"……
同德人一直在身体力行。
一次次的"爱心义诊"，
足迹踏遍即墨的村村镇镇，远至平度、莱西等市区；
一次次的"光明行动"，
让同德的技术和服务延伸所涉地区的角角落落。

以仁心施仁术，凭借超声乳化术和多焦点人工晶体，
我们消除了众多老年人老花眼及白内障带来的苦恼，
让他们的视力又恢复青春的光彩；
凭借先进的飞秒准分子激光术，
我们让遭受近视之苦的学生摘掉了眼镜，
更加自信地走上光明前途。

我们用爱心传播光明，用真诚赢得信任。
医院先后被市政府评为白内障"光明行动"定点医院、
即墨市城镇职工医疗保险定点医院、
新型农村合作医疗定点医院、
即墨市学生保险定点医院……
一项项接踵而至的荣誉和一传十、十传百的赞誉声，
让同德的名字越来越响亮，
让同德人以更加积极的姿态迈入历史新篇章。

开拓创新，勇攀高峰！
作为一家民营医院，
我们在党的有力决策和关怀下，积极创新，敢于突破。
2016年，同德大家庭的又一个成员——城阳同德医院正式成立。
至此，同德拥有两个医院、四个视光中心。
从建院之初到现在，
我们成功实施了白内障、青光眼、眼底病、眼外伤、眼科肿
瘤、眼科整形等各类手术6万余例……

我们在国内率先开展了玻璃体消融术OCT视网膜血流成像技术，

超声乳化、准分子激光手术、个性化配制眼镜等方面都已达到国内先进水平……

诚信立院，规范经营，创新发展，大医仁心。

所有的成绩和口碑都离不开同德人共同的努力。

团结一致，同心同德，这是对同德最好的诠释！

3. 未来·展望

岁月章回，砥砺漫漫。

"精诚、勤谨、求真、创新"，这是青岛同德眼科医院一路走来的坚持；

"同心同德，仁心仁术"，这是我们每个同德人一路走来的坚持。

招贤纳才，技术与国际先进水平接轨，

投入资金，引进世界一流的眼科设备，

以最好的医疗质量服务患者，造福一方，

把光明送到更远的地方。

城阳同德医院的成立，让同德的前行不再孤单。

携手并进，共创华章。

未来我们将更加注重"以人为本、患者需求至上"的人文理念，积极推行"人性化""体验化"服务，

打造更具现代化、科技化的精品医院。

回首往昔，梦想的力量是巨大的，

我会深深铭记我在追求理想道路上探索的足迹；

把握现在，同德人同心协力，敢为人先，

我们将永远继承和发扬这种创新进取的团队精神；

展望未来，我们将把握机遇，迎难而上，

让同德绽放出更加耀眼夺目的光芒。

风雨兼程，筚路蓝缕。

在如梭的日月中蓬勃发展，在殷实的成绩中高歌猛进。

同心同德，放飞梦想。

我们一直在路上。

我们一直在行动。

（写于2017年元旦迎新晚会）

我是这支队伍的一卒一将

　　青岛同德眼科医院每年都有元旦迎新晚会，约定俗成，每个人都应该出个节目。我呢，没有音乐天赋，唱歌不行，跳舞也不会。以下这首"自由体"虽是硬凑，但也是情之所至。

宇宙之光

今晚我站在舞台，

向星空瞭望，

浩瀚宇宙，

星光密布。

明天，

又有新的任务，

要放在我的双肩。

我能因艰巨而退缩吗？

决不！

我要昂首阔步，

踏万里重洋！

我能被困难吓倒吗？

决不！

我要挺直腰身，

承起千斤重担！

心房啊，

此刻你这般激荡，

跨越沉着镇定的时光，

眺向浩瀚神秘的星空。

今晚，

我们青岛同德眼科医院的天空，

安详如昨。

夜深了，

月亮躲在远方。

云飞了，

星星闪烁发光。

今晚，

星空壮丽，

雄厚而明朗，

就像当今日益发达的科学，

布满层层神秘的殿堂。

而我们，

要在那浩大无比的宇宙里，

点起万盏不灭的灯，

让每一双眼睛洞悉智慧之光。

宇宙啊，

你包罗万象，

承载万千。

此刻，

我怀着崇敬的心情，

向您瞭望，

我的全身，

像是吸收了非凡的力量。

如今，

我们的队伍已经组成，

明天，

将如浩荡黄河、万里长江。

我骄傲，

我是这支队伍的一卒一将。

我们要把宇宙之光，

送到黑暗的地方，

送到需要光明的地方。

（写于2005年元旦迎新晚会）

同　行

　　这是2019年1月29日晚，青岛同德眼科医院"同心同德·向着梦想奔跑"迎春晚会上，我准备的一首诗。

你是眼科医生
你是光明使者

我是一名小学生
我的眼睛近视了
黑板上的字
越来越看不清楚

我是一名热血青年

我的视力不达标

参军入伍的机会

与我擦肩而过

我是一名普通中年人

我的眼睛老花了

看报纸越来越费力

手机上的字也看不清

我是一名老年人

步入年迈

青光眼让我吃不好睡不好

白内障剥夺了我的快乐

也连累了儿女

还好，在这茫茫人海

在这匆匆岁月

我遇见了你

你是医生

眼科医生

光明使者

黑夜给了我黑色的眼睛

我却用它来寻找光明

是的

我是一名医生

一名眼科医生

我很平凡

也很自豪

人们称我为光明使者

课堂上的孩子们看不清黑板

近视让他们日渐孤僻

减少了往日的聪敏活泼

青春正好的热血青年

因为视力不达标

不能参军入伍

保家卫国的壮志难酬

忙了一辈子的父母

刚刚退休

却遇上了老花眼的尴尬

日渐年迈的老人

本应享天伦之时

强忍着青光眼白内障的痛苦

我了解他们的不幸和痛苦

我知道他们对光明的期待

在这茫茫人海

在这匆匆岁月

我遇见了他们

验光、配镜

飞秒、超声乳化

手指轻触的瞬间

你的笑容淹没我的痛苦

手术灯光亮起的那一刻

我看到繁星点点

此刻

我与你离得很近

能感受到你的呼吸

能听得见你的心跳

一分钟，两分钟

我在黑暗里等候

与光明逐渐接近

我穿上无瑕的白衣

检查视力、测量眼压

嘱咐你要放轻松

我走到明亮的无影灯下

通过仪器探寻一双双

期盼的眼睛

我在显微镜下

一丝不苟

我在毫米之地

精益求精

时光一分一分地走过

你我坚守

直到最后一刻

我竭尽自己的所能

我借助先进的设备

只为把光明带给你

黑暗里的等候

有你不离不弃的守候

煎熬中你的一声问候

如清泉甘露

浸润心灵

期盼中有你温柔相伴

岁月中有你带来希望

有你

黑暗便不再漫长

有你

光明便指日可待

每一次检查，我耐心细致

每一次手术，我精益求精

光明啊，在我看来高于一切

我要让孩子们看得见黑板和未来

我要让青年们实现崇高的理想

我要让父母们看得见当下的幸福

我要让老人们享受天伦之乐

我要驱逐你的黑暗
我要带你走进光明

我在一个清晨醒来
缓缓睁开眼睛
阳光一点一点渗进来
我看见了，我看见了

我看见了你
站在我眼前
一袭白衣
笑意盈盈

光明使者，你好

有人说
每挽救一双眼睛
就是唤醒一颗心

我是眼科医生
我要唤醒人生
我要点亮世界

我要让你

瞭望这片天空的云卷云舒

看尽这个世界的花开花落

我要让你

看百花在春风里争艳

看繁星在夜空里闪烁

我看到了

我看到了

我要谢谢你

你是漫长黑暗里的一盏明灯

为我

驱逐黑暗

播撒光明

让我

在这个寒冬黑夜感到暖意

我看到了

我看到了

我要谢谢你

谢谢你的选择和信任

谢谢你的勇敢和坚持

我亲爱的人啊

你若寻求光明

我决不向黑暗妥协

谢谢

谢谢

你若寻求光明

我决不向黑暗妥协！

（写于2019年2月1日）

我们在一起

　　回忆起12年前的风风雨雨，那时全身充满力量，和大家一起奋发向前。医院发展到今天，真的非常感谢我的伙伴们，感谢同德这个大家庭。有缘，我们一直在一起。

　　　　　　我们在一起，
　　　　　　耕耘尘封的田地，
　　　　　　灌溉心灵的花园。

　　　　　　我们在一起，
　　　　　　冲破重重雾霾，
　　　　　　寻找美丽前方。

我们的前方

是山海，

是昼夜，

是浩瀚宇宙，

是遥远征途。

我们在一起，

让时代的风吹拂我们的内心，

让它成长、蜕变、突破……

让时代的风吹拂我们的观念，

让它升华、进步、创新。

我们在一起，

用我们的双手共同做一块蛋糕。

让你，

让我，

让他，

一起来品味这甜蜜和醇香。

我们在一起，

用心和心交流，

用真诚与真诚对话，

光明的号角响起，

继续走，一起向前，

把我们的爱和光明，
撒向更遥远的地方。

明天即将来临，
让我们迎着太阳走去。

（写于2007年医院晚会）

我在眼科病房

在这里，我目睹了一个又一个患者无助的眼神，和他们热切的期盼；在这里，拿起手术刀，我就会集中全力、竭尽所能，回馈患者对我的信任；在这里，我与医生和护士通力合作，治好了一个又一个患者……

每当为揭开棉纱让他们重见光明，我的内心都无比欣喜。

为他人带来光明，与有荣焉。

有感而发，借文寄意，献给眼科病房和梦想。

我在眼科病房，
舒缓的音乐流淌在
手指和眼睛之间。
寻找光明的人啊，

带着希望进入梦乡。

眼科病房，
这里是一个温馨的地方。
这里是视力康复的殿堂。

当黎明送来曙光，
我为你轻轻地摘去棉纱，
阳光再次充盈，
世界又明亮了。

我看着你欢笑，
双眼明媚。

眼科病房，
这里是一个美妙的地方，
医生和护士和蔼可亲，
患者和陪护善解人意。

因为光明相遇，
彼此真诚相待。

在这个充满仁爱的地方，
医生和护士肩负着神圣的使命，

他们用专业的知识，

精湛的技术，

真诚交流，严密配合，

为寻求光明的人，

打开封闭心灵的窗户。

在这里，

他们展示了

精品医院的超级服务，

展示了让患者满意的医护质量。

他们用双手为患者

剥去黑暗的挣扎，

还原世界的七彩。

患者的信任和满意，

是他们的梦想。

眼科病房，

梦想与梦想交融——

让烛光、星光、月光、阳光、

和宇宙之光

照进心灵之窗，

开启那一瞬间豁然的绽放。

我在眼科病房，

一个梦开始的地方，

与光同在。

（写于2017年12月2日）

第五篇章

他们 榜样的力量

郭新：悠悠光明情，天地可鉴之

　　青岛同德眼科医院从2003年开始与天津眼科医院成立技术合作中心，到今年有15年了。

　　天津眼科医院是全国四大眼科中心之一。

　　1957年，天津眼科医院眼科专家赫雨时教授（时任院长）在国内最先创建了斜弱视与小儿眼科专业，培养了很多专业人才。郭新就是赫教授的弟子，在疑难病的诊治处理上有独特的造诣。他是天津眼科医院斜视弱视与小儿眼科主任医师，是全国著名眼肌病专家，在眼科界被公认为医德好、技术精，德艺双馨。

　　在这15年里，郭新主任经常来同德为疑难斜弱视病儿童会诊，为青岛特别是我们即墨的儿童，解决了很多复杂的眼肌病问题。

在眼科界，郭主任也一直是我敬佩的人。

我和郭主任亦师亦友，无论在做人还是医术方面，他对我的影响和帮助都很大。

郭主任经历过唐山大地震，命悬一线的时候，被人从废墟里救了出来，幸存。活下来后，最先接触的就是医生。所以，学医当医生救死扶伤，成为他重生后的志向。

在学医的道路上，他选择了眼科专业。多年来，学习一丝不苟，技术精益求精。

几年前，有个5岁的歪头患儿，被当地一个三甲医院诊断为斜颈，多处治疗无好转。后来他的母亲经人介绍找到郭主任，郭主任通过询问病情又细心检查后，诊断患儿为先天性上斜肌麻痹。经过手术矫正后，患儿头位变正，之后痊愈。

除了医术精湛，郭主任对患者也是尽职尽责，从不懈怠。

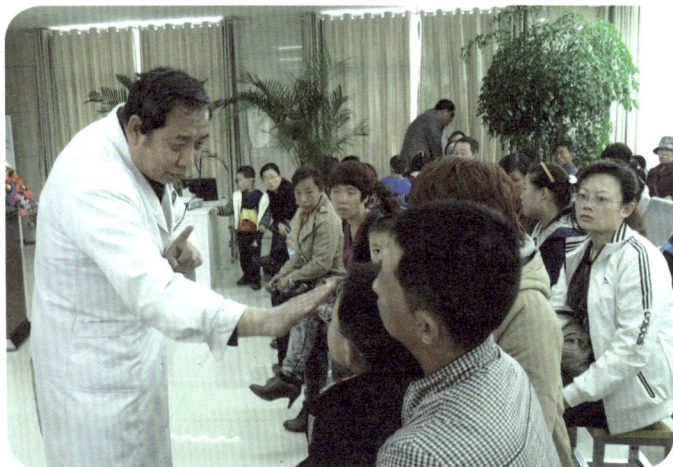

记得某年夏天，有一次郭主任和我们约了周五门诊手术，早先就订好了机票。周四他在新疆，因为当天天气原因，航班延误，为了不影响患儿的手术，他马上在机场改签，顾不上休息，转了两次机，终于在第二天清晨赶到医院。

他说，眼睛是人体最精细、最敏感的地方，来不得一点马虎。医学是严谨的，治疗时机很重要，耽误了就可能造成无法挽回的损失。多小的病情都不能耽误，一个患者都不能耽误。

对患者负责，对患者家属也很尊重。

郭主任看病非常严谨，从患者的个人病史到家族病史，会挨个问仔细，检查也很全面。因为他会根据检查数据和结果，科学地制定治疗和手术方案。

仔细询问，认真和患者及家属沟通，既可以让他们了解自身的病情，又让他们理解了手术的风险和意义。

这样的医患交流，深得患者及家属的好评。

如今，他不仅是国内的斜弱视知名专家，还是日本帝京大学客座教授，是斜弱视治疗研究一等奖获得者，是中国眼肌学科有影响力的人之一。

在业界取得了如此高的成就，在生活中，郭主任却非常简朴。每次来医院会诊结束，或者做完手术，想请他去酒店吃饭，他一般都婉言谢绝，喜欢简简单单吃个饭。

仁医者，首先是仁，其次是医。

在当今复杂的医患关系中，郭主任无欲无求，无愧于仁医者的称号。他身上的正能量值得我们医护人员学习和发扬。

从医几十年，他为无数患者带来了光明，受到患者和家属的尊重和爱戴。他从一名普通医生晋升到主任医师，却依旧忙碌在医疗一线，不摆谱、不拿架子，生活简朴，为人厚道，看重和尊重他遇到的每一个患者。

可谓是——悠悠光明情，天地可鉴之。

（写于2018年7月1日）

乐趣在心，他让东西方文化更美相遇

我偶有半夜看电视的习惯。昨天晚上12点多，CCTV-3重播《朗读者》，我跟着看完了第一期。

压轴出场的是我国泰斗级翻译家许渊冲。鹤发白眉的老人，一出场，就赢得了现场雷鸣般的掌声。

董卿很有礼貌地走下去挽着老人上台。虽然步履蹒跚，但96岁高龄的许渊冲精神矍铄。一上台就递给董卿一张名片，名片上赫然印着"书销中外百余本，诗译英法唯一人"。

在董卿"质疑"他"诗译英法唯一人"的时候，他很自信地说，这是实事求是。"60年前，也就是1958年，我已经出版了一本中译英，一本中译法，一本英译中，一本英译法。60年前我已经一样出了一本。那个时候，全世界没有第二个人。"

老人声如洪钟，强调着"60年前"来证实自己是"唯一人"。

看似很狂，却狂得实事求是。

我被震撼了，确切说是被老人的精神感染。一时间，睡意全无，沉浸在这种精神宵夜中。

许渊冲生于江西南昌，北京大学教授，翻译家。从事文学翻译长达60余年，译作涵盖中、英、法等语种，翻译集中在中国古诗英译，被誉为"诗译英法唯一人"。

在国内外出版中、英、法文著译60本，包括《诗经》《楚辞》《李白诗选》《西厢记》《红与黑》《包法利夫人》《追忆似水年华》等中外名著。

2014年8月2日，许渊冲荣获国际翻译界最高奖项之一的"北极光"杰出文学翻译奖，系首位获此殊荣的亚洲翻译家。

谈起心爱的翻译，他声情并茂、手舞足蹈，可爱得像个老顽童。他说："同一句话，我翻得比别人好，或比自己好，这就是乐趣。这个乐趣是别人夺不走的。"

翻译对他来说不是苦差事，而是人生最大的乐趣。这种创作的乐趣让他永葆童心。

许老说，自己翻译的第一首诗是林徽因的《别丢掉》。这首诗是徐志摩飞机事故去世后，林徽因经过徐志摩故乡，见景生情写下的。

"一样是明月，一样是隔山灯火，满天的星，只有人不见，梦似的挂起。"再度诵出，许老竟动情哽咽……在场观众无不动容。

董卿说，热泪盈眶一般是年轻人的专利，没想到96岁的许老情感充沛得宛如年轻人。

许老笑说，当时译这首诗是因为喜欢一个女同学，这首译诗送出去后，那女同学50年后才回信。

虽已时过境迁，但他却说："有时候失败有失败的美。我没有成功，但回想当年还是觉得很美。"

"生命不是你活了多少日子，而是你记住了多少日子。要让你过得每一天，都值得记忆。"

这是他说的话，也是他的人生写照。

96岁的老人现在仍然笔耕不辍翻译莎士比亚，每天工作到凌晨三四点。对于"熬夜"，他贡献了一种颇文艺的说法："把白天的时间延长，从夜里偷点时间。"

他说："如果我活到一百岁，我计划把莎士比亚翻完。"

这位世纪老人真诚、豁达、坦荡、睿智、风趣，而最让人感动的是他对翻译的那份单纯而执着的热情，无论世事纷扰，他只默默耕耘自己一分田地，乐在其中。

而正是这种乐趣使然，才让我们见识了中西方文化的"相遇"。正如老人出场前舞台上的表演，一边是西方的罗密欧与朱丽叶，一边是东方的牡丹亭。

这种相遇，真美！

（写于2017年6月3日）

偶遇友人，追忆乡医岁月

前天早上七点半，我去诊室，途经医院一楼大厅，在电梯口看见一个人，感觉很熟悉。我俩对视了近半分钟，就是没认出来！我心里嘀咕：这是谁来？这么眼熟。

实在记不起来，因为上班也就没去多想。

到了诊室，我刚坐下，他也进来了。

"你是云贵吧？刚才在一楼没敢认你。"

"噢噢，是明昌呀。"他这一说话，我想起来了。

"你来干什么？"

"这不，我外甥近视，过来找你做一下近视眼手术。"

我请他坐下说话。

"伙计，咱们二十多年没见面了，都老了，我都不敢认你了，哈哈……"

他点头笑着说："我今年都74岁了，人真不顶混，一晃，我在这行也干了50年了。政府今年开始发钱了，我每月能发900多。"

言语间，能感受到他的喜悦。

算起来，我和王明昌认识有40多年了。那会儿我们每周在公社医院开防疫会议。

他是从1960年开始在宅子头村干乡村医生（乡医）的。在这之前还不叫"乡医"，叫"卫生员"，"文化大革命"后叫"赤脚医生"，改革开放后才被称为"乡医"。

王明昌工作认真扎实，爱学习，在农村干了一辈子乡医，可谓是尝尽了农村乡医的酸甜苦辣。

我是1973年中学毕业，回村干乡医。当时民办教师、乡医属于农村的"知识分子"，不用下地劳作干活，还能学点技术。

我当乡医时，学习非常努力。20世纪80年代初，卫生局组织乡医考试。第一次考试，我考了第一名。不过，当时我并不知道。10多年后，偶然跟市医院内科主任黄绪志一起吃饭，他告诉我，当年是他在卫生局组织出题考试。想来，也挺有趣！

不过，乡医这活真不是一般人愿意干的。什么事都管，什么科也干。"二管五改"或"计划生育"，这些都好说；春天麻疹、流行性脑脊髓膜炎，夏季疟疾、乙型脑炎流行……这些就要赶在第一线，预防、发药，防止疫情扩散。

最痛苦的是冬天——传染病季节。一晚上睡不了个囫囵觉。起来四五次是常有的事儿，经常不脱衣裳睡觉。

再就是陪送患者转诊。乡医医学底子薄弱，遇到自己解决不了的问题就需转县医院。当时没有好的交通工具，就用地排车拉，拖拉机就算好交通工具了。

半夜转诊更是遭罪的事儿，还得帮着找熟悉的医生，查病情……我干乡医的时候，周围几个村，哪家门朝哪儿，叫什么名字，都清楚。

那时候医疗分三级卫生网——县医院、公社卫生院、村卫生所。我们虽然是最后一级，但也是最基层。我们把大量工作做好，对防病治病发挥了巨大的直接作用！

几十年的时间，转眼成了往事……

如今，政府给乡医落实了补贴政策，我那些曾经一起奋斗过的老伙计们，比如王明昌，干了50年，每月发900多；老国，也是老乡医，干了40多年，每月发860块钱。

钱不在多少，至少表明党和政府没有忘记我们这群曾经在一线奋斗的老乡医，至少是对我们那段时期辛苦付出的肯定。

我们心里都是充满感激的。感谢党和政府对我们的关怀！

王明昌说，他干了这么多年，好几次被评为省、市先进乡村医生。我也在1990、1997年被省卫生厅评为优秀乡村医生。

这些荣誉对我来说是鼓励，更是激励。鼓励我积极进取、继续前进，激励我与时俱进、探索创新。

感恩——

那段激情燃烧的乡医岁月！

（写于2017年7月14日）

手术室里的姑娘们

对普通人来说，手术室是神秘的。

那么，门里面是什么样子的呢？

除了手术室的医生，最有发言权的大概就是手术室护士了。

这些姑娘们每天早上都会提前到岗，换好衣裤，全副武装开启工作——检查手术用品是否齐全，仪器功能是否良好，手术器械是否消毒合格……在早上8：00之前，既要总结前一天的手术情况，还要充分了解当天手术情况，提前做好准备工作，明确分工。

手术开始后，分赴各个手术间配合手术。

王倩在医院手术室当护士长，已经5年了。

当年选拔她做护士长，就是看重她的责任心和机敏。

这姑娘手脚麻利，"操弄"设备，有股子机灵劲儿。性格也像男孩子，执行无菌原则就是"包黑"。干起活来干脆利落，说一不二。任何人进出手术室必须按她的规矩来，否则就免不了一顿"臭批"，直到让你记住为止。

脾气大，力气也不小。很多上了年纪的老人上不了手术床，她都能扶上去，甚至抱上去。

眼科手术室的设备很多，什么玻璃体切割仪、爱尔康超声乳化治疗仪、眼力健超声乳化仪、白内障飞秒激光治疗仪等，再复杂再精密的设备，在她手上也能乖乖听话。

管设备行，管人更有一套。

做手术不是小事儿，即使很小的手术，患者也会有心理负担。

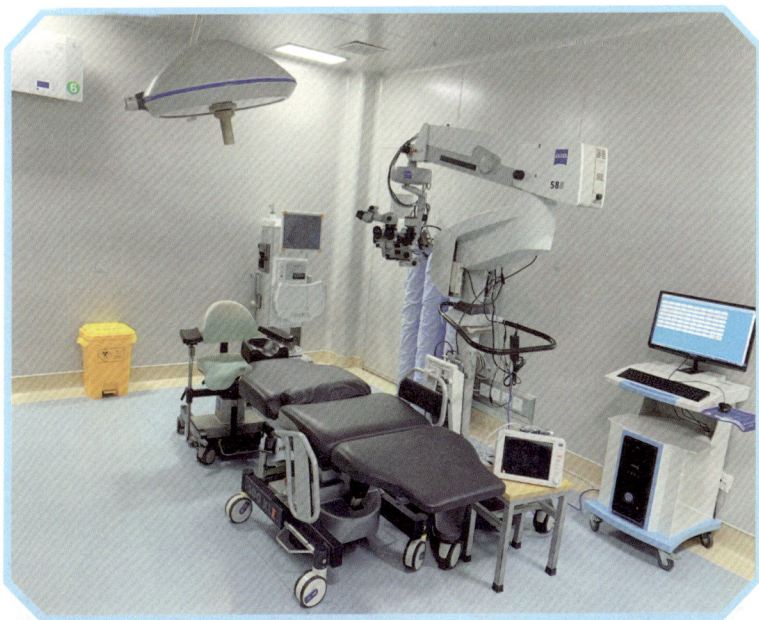

怎么跟患者交流？王倩几乎是手把手教年轻护士。

比如，做内眼手术前，洗眼护士会相继把患者接进手术室，为每位患者冲洗结膜囊进行初步消毒，同时与他们沟通交谈，消除他们内心恐惧。

手术室在他人的眼里是冰冷的，但在这个冰冷的环境里却常常有温暖的事情发生。

下面这两张照片拍摄于2020年7月11日，是眼一科姜玮主任在手术室抓拍到的。照片中，抱着孩子的护士叫陈佳佳，另一位护士叫于倩倩，两位都是90后的小护士。

陈佳佳怀里抱着的是当天最小的患者，3岁多，只有爸爸一个人带她来做手术。进入手术室，冰冷的大门将她与父亲分隔。面对陌生的环境、陌生的面孔，小姑娘特别惊恐。王倩让

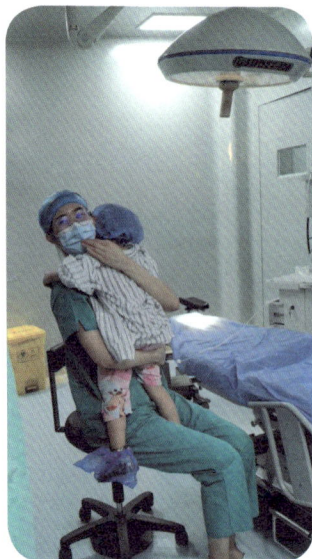

于倩倩找来一块糖（平时给患者备着预防低血糖的）给她，小朋友嘛，一般对糖都是没有抵抗力的。

但是，一块糖块显然不足以平复她的恐惧。陈佳佳也看着心疼，这样下去，手术无法完成，于是她就抱起这个小患者在手术间来回走动，跟她说话，给她讲故事。终于，小姑娘的情绪渐渐平静，乖巧地趴在陈佳佳的肩膀上，不哭闹了。

就这样，陈佳佳一直陪在手术台前，直到手术结束。

通常来说，手术几点结束，或者手术后有无急诊，都无法预料。手术室护士随时待命，下班没点儿，所以她们一般不敢轻易跟亲朋好友约定事情。

神秘的手术室，普通的手术室护士。

她们术前、术中、术后，做着最烦琐的事情，却支撑起手术室最严谨的日常；她们眼疾手快，反应快速，与医生完美配合，保证每一台手术的成功。

日复一日，年复一年，她们穿梭于手术室，耕耘在无影灯下，没有锦旗，也没有表扬信，没有鲜花，也没有掌声，但她们知道，她们默默奉献，是对生命和希望的守护。

（写于2020年8月15日，图片及部分内容由王倩提供）

她用爱美化了岁月——我眼中的毛老师

青岛同德眼科医院"爱眼俱乐部"成立已经有四五年了。俱乐部负责人孙朦夏通过毛云杰老师去七级镇做了很多工作，比如说进学校课堂做健康教育、用眼卫生讲座，联合关工委对孩子进行弱视筛查，等等。

"朦夏，抽空咱得去看看毛老师，好长时间没见她了。"几天前，我跟孙朦夏说。

无巧不成书，前天电视台《党建》栏目组的迟文功、黄媛媛两位老师来找我做一个"爱眼日"的节目，正好，我们一行去拜访了毛老师。

和毛老师认识，是通过那次白内障手术，七八年前的事了。记得那天我坐门诊，一个50多岁、说话带青岛腔的女患者找我看眼。"大夫，我的职业是老师，已经两三年看不清楚了，而且越来越严重，真痛苦啊。眼不好使，很多事情都没法儿做，请你给俺好好看看。"她彬彬有礼地陈述着自己的病史，言语谈吐间流露出特有的素质和修养。

第二天，我给她做了白内障手术，植入了适合她的人工晶状体（多焦点人工晶体，同时解决老花眼问题）。

把纱布打开的那一刻，毛老师激动地连连道谢："黄院长，谢谢你，谢谢你让我又能看清楚了。"欣喜和感激之情都洋溢在脸上。

一个月后，我又给她的另一只眼睛也做了手术。

就这样，通过手术相识，术后多次交流、接触，我跟毛老师慢慢成了朋友。

尊称她为老师，不仅是因为她的职业是老师，更是因为她身上有很多为人师表的品质。

毛老师原本是青岛市里人，1965年知识青年上山下乡插队到招远市磨山镇吕家村，1969年落户在即墨市七级镇南张院村。从那以后，她就

没返城，而是留在了南张院村，做了这里的小学教师，把青春献给了教育事业，也献给了南张院村。

2004年退休后，她也没闲着，继续为这里奉献力所能及的力量。她在家里重新"上岗"，义务为村里学习困难的孩子们当老师，给有特长的孩子们办兴趣班，还经常组织孩子们参加一些社会活动。

她还亲自撰写文章《如何搞好孩子们的家庭教育》，启发家长的家庭教育，受到家长和学校的欢迎。

对她的这些行为，我深表钦佩。为了学生，她可谓是体贴入微。

而青岛同德眼科医院"爱眼俱乐部"跟她的渊源也大致如此。

那是2013年，她找到我，说乡镇的学校有一些家庭困难的学生眼睛有问题，家长也不重视，希望我们能到学校去普及一下用眼卫生的知识。

这是好事，我自然支持。孙朦夏马上带着"爱眼俱乐部"成员去七级中学举办了预防近视及日常用眼卫生的知识讲座。七级镇教委知道后，对这事很支持，也很重视，决定把这项活动在全镇推广，还举办了隆重的项目启动仪式。

后来，我们在七级全镇的中、小学陆续举办了爱眼护眼知识讲座，为学生做基础视力检查，赠送《珍爱我们的眼睛》等书籍300本，捐赠给困难学生119副近视眼镜。

"毛老师是个有很感染力的人！"这是我们"墨子老师"（"爱眼俱乐部"负责人孙朦夏，因为眼睛亮、皮肤黑，被大家戏称"墨子老师"）对毛老师的评价。

通过几次这样的爱眼活动，"墨子老师"从毛老师身上学到了很多东西，对毛老师佩服得五体投地。

我想，她学到的应该是积极乐观、善于助人吧。

毛老师出身于书香门第，父亲是青岛芝罘小学毛秉信校长，母亲是复旦大学高才生。毛校长桃李满天下，在青岛培养了一大批人才。毛老师受家庭文化的熏陶，当年以英语第一名的成绩考入师范学校，后来就跟教育打了一辈子交道，也是桃李满天下。

退休后，她不仅为孩子忙前忙后，也热心村里的其他事情：积极做老干部的工作，组织老干部开展活动，参与村庄事务，还组建了太极拳队、健身球队、柔力球队、腰鼓队、秧歌队……

退休了，人老心不老。村里跳广场舞，她带头；哪个孩子发烧、腹泻，她帮着推拿；村里哪个人眼睛不好，她亲自陪着来找我……真是个热心肠！

这样的好人怎能不让人敬佩？

这次见面，坐下聊起才知道，她老伴去世刚一个月。老伴生前得阿尔茨海默病两年多，生活不能自理，每天她喂饭、清理大小便、护理清洁……

对老伴，她也是献出了最大的爱。

中午去饭店吃饭的路上，毛老师兴致勃勃地告诉我这块地是她学生承包的，那个木箱厂是她学生开的……

这个季节，天气非常好，庄稼绿油油的，风吹拂着麦浪，也轻拂着毛老师的脸……

我看到她脸上的慈爱泛着光芒。

我想，等到秋天，丰收的季节，我会再来看望她。

（写于2017年5月21日）

我当年的青岛老师

1969年秋，冢子头村来了一位青岛老师。全村都沸腾了，欢喜地说："这下好了！好老师就能教出好学生。"

这位青岛老师姓李，叫李宝儒。当年28岁，正是风华正茂的年纪。他戴着一副红框眼镜，一派儒雅书生之气，面容和善。村里的人都很尊敬他，愿意和他打交道。

那时正值"文化大革命"中期，推崇贫下中农管理学校，就是让贫农领导知识分子搞教育。

我当时上小学五年级。李老师本来是教语文的，但由于缺老师，他只好数学、音乐、体育全部都教着。

因为是师范科班出身，所以他知识面很广，字也写得相当漂亮。我们当时可崇拜他了，每天只要上他的课，就觉得很充实。

有一次上数学课，为了一道数学题的解法，我和他在课堂上讨论起来，当着同学们的面，我俩争得面红耳赤，谁也没有说服谁。现在想来，当时李老师真是民主，学风真是自由。

"横眉冷对千夫指、俯首甘为孺子牛"，他把鲁迅的话传授给我们；学习知识要做到"举一反三、触类旁通"，他曾经强调的学习方法仿佛还在耳旁；为了鼓励同学们努力学习，他在教室后面黑板上写下"在科学的道路上是没有平坦大路可走的，只有在崎岖小路的攀登上不畏艰险的人，才能达到光辉的顶点"，今天想来，也是历历在目。

上体育课，李老师带我们踢足球。当年，他是铁中足球队的前锋。我们十几个学生从他脚下也抢不到球。他游泳、跳水也非常好，当时在大机井跳水，什么"燕子飞舞""镰刀入水"等招式玩得很漂亮。

上音乐课，他就教我们唱《抗大校歌》《国际歌》《大路歌》等等，至今还能想起他领我们齐唱"同学们，努力学习，团结、紧张、活泼、严肃，我们的作风……"时的情景。

我跟着李老师学了三年，包括小学和联中。恢复高考后，他去了二十四中，教高三语文，培养出很多人才。后来，他因为教学成绩优异，被调到教育局任语文教研员，直到退休。

毕业后，我又跟李老师学习太极拳。他太极拳打得挺好，我们好几个同学都跟他学。练了几年，确实起到了强身健体的作用。

因为跟李老师住在一个村，我经常去他家玩。他为人真诚，从不在背后议论别人，言语中总是透露着为人师表的修养。我跟他长期地接触、交流，建立起深厚的友情，成就了一段亦师亦友的关系。

其实，老师和父母一样，都是我们生命中的贵人，他们像春蚕吐丝一样，为我们奉献青春，无怨无悔。

我们永不能忘记师恩！

教师节即将来临，祝老师健康长寿！

（写于2017年9月9日）

我行医的启蒙老师

他叫王修德，是我的姐夫，和我属于亦师亦友的关系。今年84岁了，退休在家。一有时间，我就去看看他，跟他聊聊如今眼科的发展情况。

一直想写写他——这个对我行医影响很大的人。考虑了很久，恰逢教师节来临，终于把这个心愿完成。

四十多年前，姐夫是即墨城关医院（现三院）的眼科主治医师兼眼科主任。当时，三院的眼科在当地影响力很大，是三院的重点科室之一。

姐夫是个肯学又好钻研之人，即使成了科室带头人，也并不满足于现状，依然孜孜不倦地学习。其中一个途径就是看书。

20世纪70年代，获得信息主要靠书籍。姐夫就通过看书学习先进的技术，提高业务水平。所以买书是常事。

我每次和姐夫去青岛，必去两个地方，一个是新华书店，一个是宋谊志主任家。当时，青岛的新华书店位于中山路北头和北京路交叉口。

我记得，医学书籍在二楼，每次姐夫都会花好多钱买好多眼科类的书，然后又花好多时间读完。

我姐说："你姐夫有三大爱好，就是买书、会友、抽烟。他挣的钱基本拿不回家，甚至还得家里补贴。"

但不得不承认，那些专业书籍让姐夫的医术像插上了翅膀，越飞越高。

受他影响，我从医以来，每次去青岛也必去新华书店买书，用来学习和巩固自己的专业。其中早期买的几本书，例如《实用内科学》《眼科学》《眼科临床与实践》等，让我受益匪浅，到现在还珍藏在我的书房里。

除了看书提升，姐夫还拜岛城眼科名医、青纺医院（20世纪70年代，青纺医院属于青岛三大医院之一）眼科主任宋谊志为师。宋谊志主任曾留学日本，那时也属业界权威，眼科技术高超。初学医的时候，姐夫常带我去他家，听他讲一些眼科知识，分享一些他的临床经验。

姐夫为人大方，尊师重恩。在当时物资极度匮乏的情况下，工资不够，就求亲告友买了好几斤猪肉带上，帮助老师改善生活。这件事让我很感动，也对我影响深远。

姐夫对老师好，对朋友也重情重义。他的"圈内友谊"也让即墨患者受益。他和青医内科田玉聚教授，青纺医院范光泽主任，四零一医院（原青岛解放军401医院）万年宇院长、邵文奇主任都是好朋友。在他的引荐下，这几位好友经常给即墨患者会诊，为很多即墨患者解除了病痛疾苦。

还有，我国眼科病理学家孙为荣教授是他的同学，也是他最好的朋友。孙教授曾编写了《眼科病理学》，对我国眼科病理学贡献突出，被聘为青医附院终身医学专家，眼科教授。在青岛同德眼科医院成立之前，姐夫经常和孙教授来诊所切磋交流，指导年轻医生。两人医德高、医术精，2000年医院成立，他们被聘为名誉院长。

著名医学家、中国普外鼻祖裘法祖说，"德不近佛者，不能为医；术不近仙者，不能为医"；泌尿外科学者吴阶平先生说，为医者应"德高，术精，艺良"。

当年，姐夫在三院，为了开展内眼眼科手术，亲自把宋主任请来，亲自招待，晚上加班加点，亲自制作器械，亲自冷冻二氧化碳罐……时时处处，亲身实践。

经过不断学习和辛勤付出，他的医术越发精湛，工作也开展起来，为当地很多失明的患者复明，解除了很多患者的眼疾，深受尊敬。

在他的启蒙和影响下，我也选择了眼科。1983年秋，姐夫送我去济南中心医院进修（学习眼、耳鼻喉科），临走时给我留下50块钱（当时车票是5分钱），嘱咐我说："云贵，努力学吧！"

彼时，28岁的我，带着这份"巨资"和殷殷嘱托，开启了奋斗之路。白天学理论，晚上做实验，白加黑连轴转。那一年，我进步飞快，为后来的从医之路打下了坚实的基础。

学无止境。再后来，我去过天津医科大学眼科医院、中山眼科中心、北京同仁医院进修学习，去过德国、美国、日本等世界高端医学技术中心参观访问……学习、交流、提升，像姐夫一样，永不止步。

岁月匆匆，年华转瞬。这些年，青岛同德眼科医院在业界前辈的帮助下，在社会各界的支持下，越来越好，也为当地医疗卫生事业做了点实事儿。

有所成就，离不开姐夫对我的影响和帮助。很感谢他——我的行医启蒙老师。

师恩难忘，也感谢这一路走来帮助过我的所有老师。节日来临，千恩万谢，谨此祝福！

（写于2020年9月2日）

一生很短，只够做一件事

她走上舞台的时候颤颤巍巍，还需要搀扶；可是当她坐在钢琴前，枯槁的双手一碰到那些黑白键，就灵动起来，情绪激昂时，手指轻盈飞舞。

她叫巫漪丽，今年88岁，是中国第一代钢琴演奏家，是《梁祝》钢琴伴奏的首创者和首演者。

上周六下午，在家看《经典咏流传》（重播），我就像在现场一样，跟观众一起屏息凝气，琴声一响，立即就被这位老人感动。

她专程从新加坡飞到北京，登上这个舞台。

撒贝宁说，来到北京之后，节目组问她有什么要求，老人只提了一个，就是找一个练琴的地方。

来到北京两天的时间，老人每天在钢琴房里反复磨炼《梁祝》这首她弹了59年的曲子，直到在台上给大家带来如此震撼和完美的演出。

感动之余，我特意上网了解了一下巫漪丽老人。

作为中国第一代钢琴演奏家，巫漪丽充满传奇色彩的一生，与钢琴有着不解之缘。

1936年，6岁的巫漪丽跟舅舅看了一部美国电影，对里面的钢琴一见钟情；不到10岁，她就成为意大利世界级钢琴家梅百器的第一个儿童学生，18岁首次登台便扬名上海滩；1955年，担任中央乐团第一任钢琴独奏家；1962年，获评国家一级钢琴演奏家，并受到周恩来总理的接见……

钢琴不仅给她带来了荣誉，也让她结识了一生的挚爱、中央乐团第一任小提琴首席杨秉荪。后来，遭遇"文革"十年浩劫，杨先生获刑入狱，巫漪丽不得不远走他乡，定居国外。

辗转多年，曾经的辉煌归于平静，她以教琴为生，几十年踽踽独行。

如今回到故土，站在祖国的舞台上，在音乐面前，她光彩重现，再登顶峰。

巫漪丽说："音乐不是用来炫耀的，音乐是用来改变生命的。"

在遭遇了许许多多人生挫折与磨难后，她依然能够在琴键面前坚持自我和梦想，一个音符一个音符地把她心里面最真最爱的东西敲打出来。

一生只守一架琴，一生坚持自己的音乐梦想。

这才是最令人震撼的。

在这个浮躁和功利的时代，巫漪丽就像是藏经阁无名的扫地僧，大隐隐于市，江湖再会，却能"四两拨千斤"，一出手就直抵人心。

敬佩！

一生只做一件事，并且能耐住寂寞，坚持把它做好，做到极致，很多杰出的人莫若如此。

曹雪芹用一生心血写《红楼梦》，屠呦呦一生都在研究青蒿素，袁隆平一生都把精力放在杂交水稻上，林巧稚一生致力于妇产医疗……

他们将全身心投入所热爱的一件事中，几十年如一日，持之以恒，不断探索，不断完善……

不求闻名于诸侯，但却丰盈了人生。

人的一生很短，置于历史长河中，更是微乎其微。

扎根一个领域，认真做好一件事，一心一意，执着专注，精益创新，这不仅迎合了我们今天所提倡的"工匠精神"，更是在拓展自己人生的宽度和内涵。

倘能如此，便可无愧于心，不负时光了。

（写于2018年5月8日）

与好友刘文的二三事

　　我和刘文教授的相识，套用一句流行话，就是"始于颜值，敬于才华，合于性格，久于善良，终于人品"。

先说颜值。初见刘文的人，大概都会被他的眼睛吸引，大而有神，炯炯有光。真不愧是眼科专家，一双精锐的眼睛再加上师者的精神风范，整个人帅气又儒雅。

刘文是国内知名的视网膜手术眼底外科专家，师从著名眼科学者陈家祺教授，现就任于中山大学中山眼科中心。

我最初知道他，缘于他的著作——《视网膜脱离显微手术学》。当年，为了让自己的专业更精进，我也是到处求学，不断进修。获悉刘文教授在业界的"创举"，我便寻来学习。这本书介绍了视网膜脱离外路显微手术的理论和方法。视网膜脱离显微手术在当时属国内外首创，比传统的间接眼底镜顶压封闭裂孔简便、安全、效果好，感染风险也小。这种方法成为很多眼科医生学习常规视网膜外路手术选择的"捷径"。

敬仰于刘文教授的才华。2007年秋，我只身前往中山大学，跟他学习这门新技术。三个月的学习时间，让我对刘文教授有了更深的了解。作为研究生导师，他对学生教学上严格，生活上关心，点点滴滴，诠释了为人师表的责任与担当。

而我，也在这种氛围中很快掌握了新知识。回来后，我马上转换角色，带领全院医生、护士，讲基础理论，谈手术方法，学习视网膜脱离显微手术。

此后，和刘文教授的联系就一直没有断过。我常常邀请他来医院指导、坐诊，也常常紧急求助，让他帮忙救人于危难之中。

记得2010年夏晚上9点半左右，从七级镇来了一个眼外伤急诊患者，34岁青年男性，是位单眼患者。他在家取水时，被人工泵井手把击伤了唯一一只好眼，眼球钝裂伤，整个眼球破裂，晶状体、玻璃体脱出，裂伤口已到眼球赤道后，视力只有光感。当时情况十分危急，如果留下来处理要承担很大的风险，转诊去其他医院若遇上无经验的医生处理，失明的可能性很大。

从患者角度出发，我决定把他留下来，并立即给刘文打电话。了解病情后，刘文果断地说："你们先关闭伤口，明天我（从广州）飞过来给患者做手术。"第二天，他如约而至。手术做了近三个小时，非常成功。患者一期视力0.1，后来经过二期手术，我给悬吊了人工晶体，视力达0.6。

这个手术，挽救了一只眼睛，拯救了一个生命，帮助了一个家庭。

给予我们专业帮助的同时，刘文为我们医院培养了很多年轻医生。江崇祥、黄华在他的指导下，眼底病诊断水平和手术技术飞速提高；在微创25G、27G玻璃体手术方面，他又给了年轻医师黄立群很多指导，使我院玻璃体切割手术紧跟时代的发展步伐。

所谓，久于善良，终于人品。诸多种种，让我更加坚定，刘文是值得交往一辈子的朋友。

　　刘文老家在湖北潜江市，紧临长江。自小在江边长大的他，游泳自然是高手。记得有一次来即墨，我带他去温泉游泳，50米泳池下去后，再见他已到池边终点。潜泳水平可见一斑。

　　作为地道湖北人，刘文喜欢吃辣、喝酒，这种饮食习惯也造就了他的豪爽性格。每次来即墨，做完手术后，我们俩经常喝上几杯。几杯下肚后，他就开始畅怀开聊，山南海北、天文地理、风土人情、国际形势、眼科科学……无所不谈。

　　这种实诚的个性，也让我跟他知己相逢，"合于性格"。记得有一年去广州参加全国眼科年会，他提早打好招呼，亲自开车带我们去郊区去品尝鸭嘴鱼。那天我们喝了很多酒。酒余饭后，他又带我们到珠江边散步，欣赏珠江夜景，看珠江岸边的"小蛮腰"，边走边聊，一路畅谈。

　　写到这儿，过往情景历历在目，回味无穷。

　　和刘文教授相识多年。作为医生，他对患者医者仁心，极度负责；作为导师，他治学严谨，教学严格，为国家培养了很多人才；作为医学科研工作者，他独创新术，造福更多眼疾患者。

　　有友如此，万分荣幸。愿我们友谊长存，在眼科事业发展的道路上，不忘医者初心，携手共创光明。

（写于2020年11月28日）

第六篇章

游记

在路上

初识德国朋友君特、伊丽莎白夫妇

| 初见

2008年7月中旬，也就是北京奥运会前，我和两个女儿在Mertz家住了五天。Mertz家男主人叫君特，女主人叫伊丽莎白。

那时大女儿晓晨在柏林洪堡大学公派留学，为安排这次行程，她花了不少心思。二女儿晓明当时还在读高中，天天嚷着要去德国看她姐姐。

年轻人嘛，都向往远方，总想去没去过的地方看看。所以，德国之行就在她的暑假得以实现。

君特夫妇家在曼海姆市。乘飞机到达德国后，当天下午5点左右，我们又乘火车抵达曼海姆火车站。君特、伊丽莎白夫妇驾车到车站迎接我们。火车还没停稳，就看到他们夫妇俩举着中文"欢迎"的牌子，在站台上等着我们。

见面后，他们按照德国人的礼仪热情拥抱我们，和两个女儿行亲吻礼，并送了鲜花。他们的热情一下子拉近了我们彼此的距离。

从车站到他们家不到20分钟的车程。到家后，君特立刻张罗着在院子里撑起了太阳伞，还在桌子上摆上了水果和咖啡。

作为客人，我们给他们夫妇赠送了中国书画和丝绸、茶叶等礼物。他们收到来自中国的礼物很高兴。

君特家是一座三层楼的德式别墅，院子的两棵大树有30年多了（在德国随意伐树是违法的）。他们还精心种植了好多蔬菜和水果，让整个院子生机勃勃。

我们三个人每人一个房间，两个女儿住二楼，我住三楼。房间整洁漂亮，毛巾、浴巾、水果、矿泉水、手电等各种生活用品一应俱全，很是舒适贴心。

曼海姆位于德国莱茵河上游河谷北部，是德国巴登-符腾堡州的第三大城市，在莱茵河和内卡河的交汇处，城区分布在莱茵河的右岸和内卡河的两岸，人口31万多。

曼海姆这座城市不大，但各种基础设施以及经济、文化、医疗、教育机构都很齐全，水路、公路、铁路四通八达，是个古老文明的城市。

古老的水塔见证着这个城市的来往岁月和发展变迁。

有缘和君特一家成为朋友，应该感谢中德友好文化交流。

当年，晓晨在北外德语系读硕士研究生期间，获得了曼海姆国家剧院的奖学金，去当地参加一个文化交流活动。这个活动在当地征集市民家庭为奖学金生提供免费食宿，君特夫妇积极报名。晓晨后来就被分到他们家，和他们一起生活了一个多月。

她白天去剧院和其他文化机构学习，晚上就住在他们家。一个多月的生活和交流，彼此增进了了解，也建立了真挚的感情。这段中外友谊弥足珍贵。

君特一家四口，他们有两个和晓晨年龄相仿的儿子。小儿子Stefan在外地上大学。大儿子Bernd已经在斯图加特市工作，他同时还是曼海姆皮划艇俱乐部成员，当晚和我们在曼海姆电视塔旋转餐厅一起吃了晚餐。

在曼海姆电视塔旋转餐厅，我们可以看到曼海姆全景，也可以看到莱茵河与内卡河在远处交汇。古老的大学和医院，哥特式建筑反映了这个城市的历史文化底蕴。

席间，我们6个人，两种语言，却在欢声笑语中都深切感受到了彼此的真诚友好。

晚上回到家已经10点多，君特又点起篝火，大家围坐一圈说说笑笑继续聊天。女儿们好像回到自己家一样放松。我也非常开心，旅途的劳累全然不见。

晓晨告诉我，君特是德国著名化工企业巴斯夫公司的电气工程师，夫人伊丽莎白是音乐老师，现在都已退休。他们非常勤奋，不仅把家里收拾得井井有条，还对环保和新科技很感兴趣，日常用电全部由安装在房顶的太阳能板提供，花园灌溉用的水也是通过雨水收集系统储存在地下室的，还把自家花园修剪下来的树枝处理后用来做壁炉的燃料……

他们强烈的环保意识和动手能力都给我留下了深刻的印象。

这两位60多岁的退休夫妇，还很热爱运动，经常参加半程马拉松、自行车比赛，身体非常健壮。

总之，这对夫妇的生活态度值得学习！

第二天

我有早起的习惯，到曼海姆的第二天起得很早，轻轻下楼，却发现君特起得更早，还为我们准备好了早餐——烤面包、鸡蛋、牛奶、奶酪、香肠等。

随后，他又陪我到院子看他的劳动成果。梨树是三年前种的，如今已经挂起了果实；院子里还有绣球花、小茴香等各种各样的花草和蔬菜。

走进门厅，一个似艺术品又不像艺术品的铁丝螺旋圈吸引了我的注意。君特告诉我，这是他们20多年前改建房子时，4岁的儿子随手用废弃铁丝创作的，他们把这个作品一直保留下来，挂在家里非常醒目的地方。这种尊重和鼓励孩子创造力的家长，让人敬佩。

吃完早餐，按照事先约定，君特夫妇驾驶他们的奥迪车载着我们向海德堡出发。

德国高速公路是不收费的，公路两旁绿化很好，远处的农作物也绿油油的。经过一个小镇时，君特说："这里咖啡很好，咱们每人来一杯，放松一下。"

我没有喝咖啡的习惯，也品不出个"一二三"。但看着一路的风景，这浓郁的醇香还是让我陶醉了。

一小时后，我们到达海德堡市。大桥与大坝相映，码头相连。古老的城堡，红瓦碧砖，各式各样的雕塑把这个城市装扮得典雅庄重。

海德堡是一座大学城，它坐落于内卡河畔，是一个充满活力的传统和现代的结合体。参观了著名的海德堡古堡及博物馆，君特又带我们去参观海德堡大学。说起大学，他非常自豪。海德堡大学全称为鲁普莱希特–卡尔斯海德堡大学（Ruprecht–Karls–Universität Heidelberg），建于1386年，是德国最古老的大学，一向被称为德国浪漫主义与人文主义的象征。

德国的啤酒文化浓厚，历史悠久。特别是自酿啤酒，世界闻名。城里有各种各样的啤酒屋，啤酒的香味四溢，喜欢啤酒的我早已垂涎三尺，像馋嘴猫一样等待品尝向往已久的德国生啤酒。

君特在桥头找了一家久负盛名的啤酒屋，落座后先为每人盛了一杯这家啤酒屋传统的自酿鲜啤。透明的金黄伴着酒花泡沫，入口微苦微甘，至香至鲜，别提多爽了！

7年后，我去慕尼黑啤酒表演厅喝啤酒，也没有找到这种特别的感觉。

"再来两杯黑啤，4只烤猪手。"君特和老板打着招呼。老板脸上的表情像是说："放心，你中国的朋友我们会招待好的！"

啤酒是一种文化，它用一种特殊的方式让世界上不同种族不同肤色的人开怀、碰杯。

第三天

夫妻俩带我们仨乘游艇游览了莱茵河。我们从旅游码头上船后，站上顶层观览平台，两岸美景尽收眼底。河水清澈见底，二女儿晓明兴奋地说："爸爸你看，船下好多鱼，还有虾呢！"一脸欢喜。

两岸全是梯田式葡萄园，错落有序，生机盎然。河边的公路和铁路平行排列，再加上航船，三线交通发达便利。

两岸的古堡也非常美丽而且各有特色。据说，在莱茵河德国段有数百座城堡，大都建于神圣罗马帝国初兴时期，至今已有千余年历史。

君特夫妇在一座古堡餐厅预定了午餐位置。游艇的停靠码头也是景点，有购物街。

听说德国的工具很有名，我特地选了一把钳子，又买了一些其他生活用具。这时，君特半开玩笑地说："你选的工具可不一定是德国制造哦，很有可能是你们中国造的。"哈哈，这个极有可能！

中午，我们在可以俯瞰整个河谷的古堡餐厅用餐。我要了一杯当地的红酒，君特给两个女儿点了冰葡萄酒。据说酿这种酒的葡萄在下霜后方能采摘，产量少，价格高，但是相当甘甜。

在德国用餐，特别讲究饮食节约，自己点的东西要全部吃完，每个人都很自觉养成了这种良好习惯。这一点，值得我们学习！

第四天

夫妇俩安排我们骑自行车参观施派尔（Speyer）教堂。教堂位于美因兰法尔茨州东部边界，莱茵河流过她的身旁。据说，20世纪80年代，她就已经是世界文化遗产了。

德国是个严谨的民族，这一点在建筑上更能彰显出来。每座建筑都有自己独特的风格，从不重复，包括住宅、别墅，也是如此。

在君特家住的这几天，我每天早起散步，欣赏各种各样的建筑，都是一种艺术享受。

| 分别

　　几天的时间，君特夫妇带我们参观了很多地方，其中曼海姆公立医院和古老的教堂给我留下了深刻的印象。闲暇时还带我们去超市购物，去特色小店品尝美食，让我们感受他们生活的方方面面。与他们相处的这些日子，也让我们感受到了德国人的真诚、友好与勤奋。

　　临走的前一天晚上，君特夫妇为我们设了欢送晚宴，又送给我们很多礼物。

　　在火车站，大家互相拥抱道别，难舍难分。我和女儿邀请他们来中国青岛做客，期待下次再见！

（写于2017年7月20日）

德国朋友君特、伊丽莎白的青岛之行

| Part 1 女儿的婚礼

2010年4月，君特、伊丽莎白夫妇来到了中国。

4月22日，我去流亭机场接到了他们。他们这次是专程为参加晓晨的婚礼而来的。

我在锦茂宾馆给他们订了最好的房间，晚上给他们举行了欢迎晚宴。老朋友相见格外亲切，我们聊了这几年彼此的变化。

恰好，因为参加婚礼，晓晨一帮北外的同窗好友都在，帮着做翻译，大家聊得格外开怀。不过，因为第二天还要举行婚礼仪式，聊到半夜，大家便尽兴而归。

第二天，君特夫妇全程参加了婚礼仪式。婚礼用车是奥迪车，当一排汽车整齐地停在我家门前时，君特兴奋极了，一边拍照，一边竖起大拇指，还不停地说着"棒极了！"

婚礼是传统加现代，中西结合式。

在家里的流程，一切按照当地传统习俗操办。包饺子、吃茶点、吃饺子……君特夫妇难得看到这种中式婚礼，每个流程都引得他们好奇心满满，拿着相机拍了又拍，恨不能记录下每个细节，简直比当天请来的婚礼摄影师还要忙。

忙不说，还一直"微笑服务"，因为对参加婚礼的亲朋好友来说，他们也是一道奇特的"风景"。

正式的婚礼仪式在锦茂宾馆宴会大厅举行。

按照礼仪，我们把君特夫妇安排在娘家人贵宾桌，为了沟通方便特地让晓晨的同学坐在这一桌当翻译。

君特依然带着他的单反相机，认真地捕捉婚礼上的每个细节。婚礼上，晓晨特意安排君特和伊丽莎白介绍了他们两人相恋相爱的过程。虽然语言不通，但是通过翻译转述，两个人传奇浪漫的爱情故事，还是让在座的每个人都动容，宴会厅不时响起掌声和笑声。

那一刻，爱，让中西方文化美好交融，没有隔阂。

君特夫妇不远万里来参加晓晨的婚礼，我们全家都很感动。

我们彼此对这份友谊很是珍视。

| Part 2 乐游崂山

婚礼第二天，我们一家人带着君特夫妇和亲戚朋友一起去游览了崂山。

周磊（医院宣教科主任）细心安排，联系到一辆中巴车，上午9点从锦茂宾馆出发。

上车后，君特夫妇坐在车中间，靠我们一家很近。旅途中，他们总能对所见的一些风土民情发出疑问，我们就应着解答和介绍。就这样，一路谈笑风生，一个小时就到达了崂山脚下仰口太平宫景区。

我像导游一样把崂山风景区及太平宫道教跟君特夫妇做了简要介绍，又特意安排李金星（医院同事）做翻译及服务工作。

最美人间四月天。当时的崂山，满山遍野的杜鹃花、桃花、迎春花，争芳斗艳，香气扑鼻。

爬山半小时后，我们在太平宫休息。远眺仰口湾，银白色的海浪翻涌向蓝天，红瓦绿树做陪衬，美丽极了。

在山上，我们每人来了一碗鸡毛冻。这是崂山景区的一种特色小吃，用海藻熬制，清爽可口。君特夫妇仔细品味这道美食。

在太平宫，我又向他们介绍了即墨和崂山的渊源，以及道教真人刘若拙的一些历史典故。君特又开始拿出相机不停拍照，偶尔还会提出一些很有趣的问题……

游览崂山，君特夫妇盛赞了青岛美丽的自然景观和舒适宜人的气候。后来，夫妻二人说，这次来中国，最高兴最快乐的就是青岛之行。

| Part 3　参观祠堂和工厂

君特夫妇对中国的传统文化非常感兴趣。这次来中国，晓晨说："爸爸，咱带他们去看看黄氏祠堂吧！"我很赞成这个提议。

祠堂又称宗祠，是祭祀祖先的场所。它记录着家族的辉煌与传统，也是中国五千年文明历史文化的体现。

黄家西流村是我的祖籍。黄氏祠堂建于清朝康熙年间，已有近400年历史，幸免于"文化大革命"，保存尚好，成为我们家族珍贵的文化遗产。

在祠堂，黄家族人孝松向君特夫妇介绍了黄氏祖谱、祖氏分支等情况。夫妇俩由衷感叹中国的家族传承，还在留言簿上写下了庄重的感言。

下午，我们又带他们去平度参观了民俗村。

古老的水井辘轳、石磨、石碾等农耕农具一一收录进夫妇俩的眼睛和相机。

只看中国传统，难免"偏见"。所以，从平度回来，我决定带君特夫妇去看看中国改革开放后的新特色——民营企业。

刘国栋是我的朋友，所以就参观了他的工厂。他这个工厂办得不错，主要生产汽车配件。车间引进了很多先进的设备和仪器，如工业用激光切割设备。

现场的操作演示让两个严谨的德国人很是赞叹。他们一定没想到中国的个体经营、民营企业已经走在先进的行列，并不比西方差。

| Part 4　参观青岛同德医院

来到即墨，自然不能错过我们青岛同德眼科医院。

君特夫妇在晓晨的带领下，饶有兴趣地一一参观医院的布局、门诊、病房、特检室……

我向君特介绍了近几年来中国基层医疗的发展状况，以及青岛同德眼科医院的发展规划。他不禁为我们中国医疗卫生条件的进步伸出了大拇指。

既然来到了眼科医院，君特夫妇就特地去视光中心做了检查。毛丛丛医师给他俩做了屈光检查，闫主任给配制了眼镜，让他们感受了一把中国的医疗服务。

晚上，我组织了部分眼科医生和君特夫妇会餐。宴会设在马山生态园。大家开怀畅饮。

在中国的这两天，夫妇俩入乡随俗，适应了中国的酒文化，不断地举杯敬酒，一饮而尽。

喝到兴处，曾是音乐老师的伊丽莎白还为我们唱起了德国歌曲，以示感谢。作为回馈，我们眼科的女医生们也唱起了具有中国特色的民歌《茉莉花》。

君特情不自禁伴起了舞，把这中德友好的晚宴推向了高潮。行文至此，历历在目！

| Part 5　一张世界地图的内心冲击

君特夫妇此次来中国，说的最多的话就是"你们中国发展真快呀！"

他们几年前在南京待过，这次来即墨之前又去了南京一次。

我就想，这下你脑子里中国的旧印象应该去掉了吧？记得两年前去德国，在他家的第四天晚宴上，伊丽莎白拿出了20世纪六七十年代德国版的世界地图，给我看。

她告诉我，这张地图上，红色是世界贫穷区。我仔细看了一下，中国版图赫然在列。当时，我的内心就像是受到了某种伤害，说不上来。

她看我那么认真地看这张地图，就说："赠给你做纪念吧！"正合心意，我欣然接受。虽然这是以前的旧地图，但是可以想象得到，在很多外国人心中，我们中国就是贫穷落后的代名词。

甚至到现在，很多西方人也没有改观。

虽然嘴上不说，但是这张地图确实让我作为一个中国人的自尊受到了伤害。

所以，我极力邀请君特夫妇多来中国看看，看看我们中国的变化，刷新他们对中国的印象。我想让他们知道——今天，中国的经济实力逐渐迈入大国行列，我们很多行业已经做到世界领先……

可以自豪地说，我们中国越来越富强了。

30多年前，在中国改革开放总设计师邓小平的决策下，中国向全世界敞开大门，交流学习，奋发图强。现在，我们终于可以骄傲地立在世界东方，向全球宣告：中国早已不是那个贫穷落后的中国！

国家富强，我们的生活水平也发生了翻天覆地的变化。这些，我们正真真切切地感受着！国富民强，国家富强了，我们人民自然就有自信！

我要收藏好这张地图，多邀请外国友人来看看现在的中国！

（写于2017年8月5日）

都说新疆好地方

10多年前，我就想去新疆，但一直没成行。老伴也是心心念念，早就向往。

今年，我决定把工作先一放，实现新疆之旅。

说走就走。提前做了一些准备，8月10日，我们就出发了。

记得小时候，地理书上记载，中国有960万平方千米，地大物博。新疆就占全国总面积的1/6。

乘飞机先到西安，再由西安到阿勒泰。由东到西飞了6个小时，到达已是晚上8点，但天很亮（新疆天黑要10点多）。

朋友老徐派车去机场接了我们，沿着平整的公路，奔赴目的地——北屯。

| 01 全鱼宴

当天晚上，老徐招待了我们。经过一天奔波，着实饿了，吃当地美食，喝当地美酒，自然成为标配。

额尔齐斯河野生鱼种类繁多，品种多达30余种，其中以白斑狗鱼、河鲈、江鳕、东方欧鳊等最有名气。

老徐点了七八种鱼，其中白斑狗鱼最让我记忆深刻。它肉质紧实，烤出的味道特别香。河鲈味道也很鲜美。

吃着全鱼宴，喝着伊力老窖，美极了！现在想来，还回味无穷。

| 02 喀纳斯湖

司机小王嘱咐我们第二天要早起，因为北屯到喀纳斯要3个多小时的车程。

早晨7点半起床洗漱后，先约好到布尔津喝当地奶茶，吃当地早点。

奶茶是带咸味的，我不习惯，简单吃了点菜包子和炸饼，启程。

阿勒泰市公路两侧除戈壁荒漠外，就是大面积的葵花，司机很专业地向我们一一介绍什么是油葵，什么是瓜子葵。

　　到达喀纳斯湖，被眼前美景震慑——雪峰耸峙，绿坡墨林，湖光山色，美不胜收，不愧是"人间仙境""神的花园"，不愧是中国最美湖泊。

　　在这里随便一拍，都是美景。

　　"喀纳斯"是蒙古语，意为"美丽而神秘的湖"。

　　喀纳斯湖位于阿勒泰地区布尔津县北部，湖面海拔1374米，湖泊最深处高程1181.5米，是中国最深的冰碛堰塞湖，是一个坐落在阿尔泰深山密林中的高山湖泊、内陆淡水湖。

　　千米枯木长堤和"巨型水怪"是喀纳斯湖的奇观+传说。

　　千米枯木长堤是喀纳斯湖中的浮木被强劲谷风吹着逆水上漂，在湖上游堆聚而成；而湖中"巨型水怪"，据说常常将在湖边饮水的马匹拖入水中，吞噬牛羊无数，很多人都不敢靠近湖边。

奇观和传说，增添了喀纳斯湖的神秘感。

喀纳斯湖水很清、很干净。清澈的湖水让人不由自主地想光脚去戏水。不过，不用几分钟就会感觉冰凉刺骨，难以忍受。

当地人说，这是雪水融化的缘故。

| 03 禾木村

第三天，我们去了禾木村。

禾木村让我记忆深刻的，一个是原生态，一个是小木屋。

禾木村被称作"上帝的后花园"，位于布尔津县喀纳斯，是图瓦人的集中生活居住地，是仅存的3个图瓦人村落（禾木村、喀纳斯村和白哈巴村）中最大的村庄。这里的房子全是原木搭成的，充满了原始的味道。

在这里没有豪华宾馆，不准使用一次性物品。低碳生活，回归自然。

禾木村最美的时候就是每年8～10月。

我们去那天下着雨，当地人告诉我们只要下雨，就会下一天，气温也随之降到10度左右。由于只带了夏季服装，全身的冷感剥夺了欣赏美景的好心情。

| 04 魔鬼城

去魔鬼城取景摄影，是多年前的心愿，这次终于如愿。

由北屯西线南行300多千米到达此地，一路上历经各种地貌，周围的克拉玛依油田油井林立。

据说，魔鬼城下蕴藏了大量石油。

这座神奇的城市位于克拉玛依市乌尔河区东南5千米处，方圆约187平方千米，海拔350米左右。独特的雅丹地貌使这片地区被称为"乌尔河风城"，当地人称之为"魔鬼城"。

导游介绍说，在距今约1亿年前的白垩纪，魔鬼城是一个巨大的淡水湖泊，后经两次地壳变动，湖泊变为一片广阔的沙漠，遍布着沉积岩和变质岩。

之所以被称为"魔鬼城"，是因为这里地貌奇特，奇峰异石拔地而起，身处此地似乎能听到鬼哭狼嚎的凄惨叫声，让人心有戚戚然。

实际上，这是风穿过石缝发出的声音，被人们过度联想了。

大自然是多么地神奇。

获得奥斯卡多项奖的《卧虎藏龙》曾经在此取景拍摄，魔鬼城因此也享誉全球。

｜05　克拉玛依

克拉玛依油田，也是我上小学时就知道的。一首歌儿唱到每个中国人的心坎里。

克拉玛依是维吾尔语"黑油"的意思。

这次去新疆终于见识了克拉玛依油田之大，方圆几百千米油井林立，密密麻麻的井架，让人震撼。

司机告诉我们，克拉玛依是新疆最富裕的地方。

这个国家重要的石油石化基地和新疆重点建设的新型工业

化城市地处准噶尔盆地西部，是世界石油石化产业的聚集区，油气资源储量占全世界的近80%。

资源就是财富。

| 06 乌鲁木齐大巴扎

大巴扎，维吾尔语是"集市"的意思。

新疆国际大巴扎位于其首府乌鲁木齐市天山区，于2003年6月26日落成，是世界规模最大的大巴扎，集伊斯兰文化、建筑、民族商贸、娱乐、餐饮于一体，是新疆旅游产品的汇集地和展示中心，是"新疆之窗""中亚之窗"和"世界之窗"。

我们一行人来到这儿像赶大集一样，各自在大巴扎挑选自己喜欢的当地物品。

我看好一把维吾尔族刀，做工漂亮，是极好的艺术品，讲价付款后，快递了回来。

| 07　天山天池

我国有两大天池，一个是天山天池，一个是长白山天池。长白山天池我8年前去过，它是火山口形成的，很壮观。池水很绿很深，往下看，深不可测，像有吸引力似的，很多人不敢靠前。

天山天池古称"瑶池"，地处新疆昌吉回族自治州阜康市境内，博格达峰北坡山腰，是以高山湖泊为中心的自然风景区，是我国西北干旱地区典型的山岳型自然景观。

天山天池湖面海拔1910米，南北长3.5千米，东西宽0.8～1.5千米，最深处103米。

湖滨云杉环绕，雪峰辉映，非常壮观，是著名避暑和旅游地。

天池成因有古冰蚀－终碛堰塞湖和山崩、滑坡堰塞湖两说。

无论何因形成，天池没有险峻感，雪峰倒映，云杉环拥，碧水似镜，风光如画。

| 08　新疆的美食

新疆的美食，羊肉串必不可少，在这次新疆之行，基本上也是每到一个地方的必吃之美食。

都是新疆的羊肉，但每个地方都有差异。有的膻味浓重，有的鲜味可口。

烤全羊更是特色美食，得提前预订。我们人少，只要了很小一部分。那个美味，配上醇香的白酒，真是让人欲罢不能。

不过，同样是羊肉，新疆的羊肉和呼伦贝尔羊肉还是不一样的。相比之下，我觉得大草原上的羊肉更鲜美一些，可能跟羊吃的草有关。

新疆的水果也是全国闻名的，由于光照时间长，糖分含量高，都很甜。一路上随处可见哈密瓜地，哈密瓜品种繁多，我们停下车到瓜地拍照、品尝，然后每种买上几个，在路上吃。

司机小王说："新疆瓜农卖瓜按地片估价成交。"说明产量之大，瓜农已不计较点点滴滴。

水果之中，新疆葡萄名居榜首，以吐鲁番的最为出名。当地人说，光品种就有30多种，尝都尝不完。我们品尝了马奶子、黑珍珠、玫瑰香等，都甜味悠长，却又不相同。

甜心的苹果还不到季节，留着下次品尝吧。

还有新疆的马肠、手抓饭、奶茶等都风味独特。

伊力老窖，作为当地烧制的白酒，散发着这一方水土的醇香。

新疆朋友招待客人的风俗习惯和我们差不多，先主陪，再副陪，一轮下来就能让客人不胜酒力。

离开乌鲁木齐那天晚上，当地朋友老曹和王姐招待了我们。酒过一巡后，朋友老黄唱起了当地民歌，与我们同行的老姜也回唱了京剧《今日痛饮庆功酒》，让气氛达到了高潮。

真是欢乐又热闹！

快乐的时光总是很短暂，新疆之旅就这么告一段落。

回味这一段走过的路，看过的美景，吃过的美味，我忽然就想到了左宗棠，佩服他当年收复新疆，让"故土新归"的中国疆域更加广袤富饶。

如今，习近平主席又提出"一带一路"的伟大倡议，让新疆重新绽放出光芒，再次焕发出新的活力。

我们新疆好地方！祝福新疆越来越好！

（写于2018年9月1日）

跟着古诗去旅行——忆江南三大名楼

医院图书室建立了近三年，培龙负责图书购买和管理。

关于购置什么样的书，我经常提些建议，其实也是"徇私"，为了能读到自己喜欢的书。

前些日子和他一起去书城购书，每人又选了一本《唐诗》。

这几年国学盛起，《中国诗词大会》等掀起一阵"古诗词热"，我也深受感染。

晚上回家闲静时，偶尔品读，还能跟着古诗去旅行。

第一站：岳阳楼

望洞庭

[唐] 刘禹锡

湖光秋月两相和，潭面无风镜未磨。

遥望洞庭山水色，白银盘里一青螺。

当年，刘禹锡就是站在岳阳楼上发出这样的赞叹。他的对面，千里洞庭映入眼帘，湖面平静如镜，远处君山似青螺，美丽极了。

岳阳楼上望洞庭，湖水宁静山色美。

20多年前，我也登过岳阳楼。当时，是从重庆到武汉游三峡的途中经过这里。

那年三峡工程刚开始动工。在原貌改变之前，我们一行四人，在江敦禄老师的带领下，坐船游长江。

顺流而下，我们在游船上吃着长江小虾，就着芦根，喝着尖庄大曲，不亦快哉。当船过瞿塘峡时，江老师醉醺醺地说："有景有物，咱们也来凑凑热闹，胡诌八扯，弄个'狗皮帽子诗社'，我任社长，你们三个作诗我批。"

这下热闹了，老周、老姜和我积极响应。

下了船，拾级而上，借着酒劲儿和成立诗社的激动，老周和我不小心滑倒。其实是下过雨路滑。

游览了小三峡后，我们就登上了岳阳楼。

岳阳楼临长江而建，位于湖南省岳阳市古城西门城墙之上，建

238

筑构制雄伟，气势壮阔，下瞰洞庭，前望君山，自古有"洞庭天下水，岳阳天下楼"之美誉，堪称江南三大名楼之首。

范仲淹曾经在此创作《岳阳楼记》，文动天下。一篇《岳阳楼记》写尽了岳阳楼的景致，借景抒情，以情明志，留下了"不以物喜，不以己悲"的哲学思考，也表达了自己"先天下之忧而忧，后天下之乐而乐"的爱国爱民情怀。

一篇文章千古颂，如今读来亦动容。

据解说员介绍，当年的一块文板遭破坏，因此成了缺憾，难以补上。

后来，有人勉强模仿前人的书法补充上去，依旧是缺憾。

岳阳当地盛产碧螺春，当年是贡茶，君山银针更是上品。

君山岛上有一口井。小学时看过一部电影，叫《柳毅传书》，印象中有些镜头拍摄于此。

据说，那个传奇故事就是在此地发生。

不奇怪，如斯仙境，定有传奇。

第二站：黄鹤楼

黄鹤楼

[唐] 崔颢

昔人已乘黄鹤去，此地空余黄鹤楼。

黄鹤一去不复返，白云千载空悠悠。

晴川历历汉阳树，芳草萋萋鹦鹉洲。
日暮乡关何处是？烟波江上使人愁。

崔颢当年登临黄鹤楼，览物生情，吊古怀乡，出口成诗，遂成历代推崇的珍品。

传说后来李白登此楼，目睹此诗，大为折服，感叹："眼前有景道不得，崔颢题诗在上头。"

这座位于湖北的黄鹤楼，我去过数次。它是武汉的地标，镇守在武汉长江大桥南岸黄鹤山（也称蛇山）的巅峰上，濒临长江，气势宏伟，壮丽大方，有"天下第一楼"美誉，是历史上文人骚客必去之地。

印象中最近的一次，还是在6年前，我们参加杭州大学培训班的时候，和当地企业家一道登楼欣赏了长江美景。

黄鹤楼是书法宝库。现在的"黄鹤楼"三个字，是在1985年重修时，湖北文联请时任中国书法家协会主席舒同先生题写的。

佛教协会会长、书法家赵朴初先生也在黄鹤楼留下了很多墨宝。

黄鹤楼自创建历经约1800年，被誉为天下名楼，吸引了历代文人墨客，仅旧志中收录的诗文就多达400多篇（首）。

自崔颢写下那首千古绝唱《黄鹤楼》之后，李白写了15首与黄鹤楼有关的诗，其中《黄鹤楼送孟浩然之广陵》及《与史郎中钦听黄鹤楼上吹笛》最为有名，被广泛流传。而以山水田园诗闻名于世的王维所作的《送康太守》一诗则很少人知，以致其他诗人都不敢措手，包括杜甫。

再后来，白居易、贾岛、苏轼、苏辙、陆游、袁中道等人不信这个邪，都留下了关于黄鹤楼的题咏。

正所谓仙人跨鹤去，诗人竞相咏。

第三站：滕王阁

滕王阁诗

［唐］王勃

滕王高阁临江渚，佩玉鸣鸾罢歌舞。

画栋朝飞南浦云，珠帘暮卷西山雨。

闲云潭影日悠悠，物换星移几度秋。

阁中帝子今何在？槛外长江空自流。

相比之下，我们大多数人更熟悉王勃的《滕王阁序》，鲜有人知晓这首《滕王阁诗》。实际上，《滕王阁序》是《滕王阁诗》的序，却抢了风头，一举让王勃和滕王阁名闻天下。

滕王阁，也是江南三大名楼之一，位于江西省南昌市西北部沿江路赣江东岸，是南昌的地标性建筑。始建于唐永徽四年（公元653年），由唐太宗李世民之弟——滕王李元婴任洪州都督时所创建。

8年前，我去南昌开眼科学术会，正值人间四月天，江西的油菜花茂盛。

坐飞机到南昌后，已是下午5点。我和胜利油田中心医院的王主任到宾馆放下行李后，就步行去了赣江，打算游览滕王阁。

遗憾的是，去时已晚，已停止卖票，只能在外边遥望观赏。

滕王阁临赣江而立，历经朝代变迁，屡毁屡建。如今的滕王阁是近代翻修过的，虽已很难感受到王勃描绘的"落霞与孤鹜齐飞，秋水共长天一色"的美景，但仍不失它高阁之势。

自然，也少不了历朝历代文人雅士的歌咏，白居易、杜牧、苏轼、朱熹、辛弃疾、李清照等文人大家都曾留下过以滕王阁为主题的诗词。

随着古诗游故地！

岳阳楼、黄鹤楼、滕王阁，这三座雄伟的江南名楼，在古代诗人的笔下尤显壮观。

感谢古人，他们用自己的才华和情怀，为这三座历史古楼撰文言志、承古启今，才可以让后人循古而思，登高望远。

又到一年春暖花开时，有时间旅行的话，不妨去拜访一下这些古楼。

登楼远眺，能看到历史。

（写于2018年3月25日）

姥爷，你下次来多住几天

小外孙女米米今年4岁了，因为女儿女婿工作的原因，我们几乎一年才能见一次面。

如今他们一家人又去了美国学习，见面机会更少。

虽然能借助微信看看米米的生活点滴，但是那种"距离感"微信可消除不了。

幸运的是，8月6日，我要去波士顿参加眼科糖尿病视网膜病变学术交流会。

趁这次机会，一定要去看看我们的这个"小可爱"。

抵达波士顿后，我们先在当地参观学校和医院。

波士顿位于美国东北部大西洋沿岸，是美国最古老、最有文化价值的城市之一。

历史上发生过著名的"波士顿倾茶事件"，引起了美国独立战争。

带我们参观学习的韩学哲博士毕业于哈佛医学院，他向我们介绍，波士顿是世界著名的教育和医疗中心，是全美人口受教育程度最高的城市。

他带领我们参观了哈佛大学、麻省理工学院、哈佛医学院、麻省医院、儿童医院、糖尿病医院、眼科研究所等。其中，哈佛医学院的学生是精英中的精英。

参观过程中，我们还了解到中国很多名人，如胡适、钱学森、丁肇中、竺可桢等等，都曾在这里求学或者工作过，为世界科学发展做出了卓越贡献。

第三天，我脱离"团体"，单独前往芝加哥去看望我的小外孙女米米，准备在异国他乡，享受一下"天伦之乐"。

我一个人靠着手机上的翻译软件，从波士顿机场登机，飞往芝加哥。

两个小时后，安全落地。

女儿、女婿和小外孙女一家三口已经在出口，他们显然早就来了，等着接我。

一见到我，小家

伙就冲向我，喊着"姥爷，姥爷……"

小家伙跑到我面前，我把她抱起来，亲了又亲。

小家伙长得真快，快一年没见了，高了，也懂事多了。

抱着她，她双手环着我的脖子，看看我，笑着，"姥爷姥爷"叫个不停。

我把给她准备的礼物拿出来，说："这是姥爷在哈佛大学买的小熊玩具，这是姥爷看波士顿红袜队比赛买的棒球，都送给你！"

"谢谢姥爷！"小家伙可高兴了，欢欣雀跃，蹦个不停。

可能是年龄越长，越珍惜这种团聚。我抱着米米，让女婿给我们仨拍照留念，定格下了这宝贵的瞬间。

刘鹏也开车来了，接我们。

刘鹏当年在即墨可是个"小名人"，15岁考上北大，轰动一时，毕业后来芝加哥发展了。

现在跟晓晨他们一家同在一个城市，相互还照应着。

"叔叔您想吃什么？"

"还是中餐吧！"

"那就去唐人街！"他带着我们，找了一家粤菜馆。

我们边吃边聊。

身在异国他乡，我和这些年轻人把酒言志，探讨美国的文化教育和科学发展，鼓励他们多学习美国的先进理念和技术。

吃完饭后，晓晨问我："爸爸，明天咱们怎么安排？"

我说："随便转转吧，也就一上午的时间。"

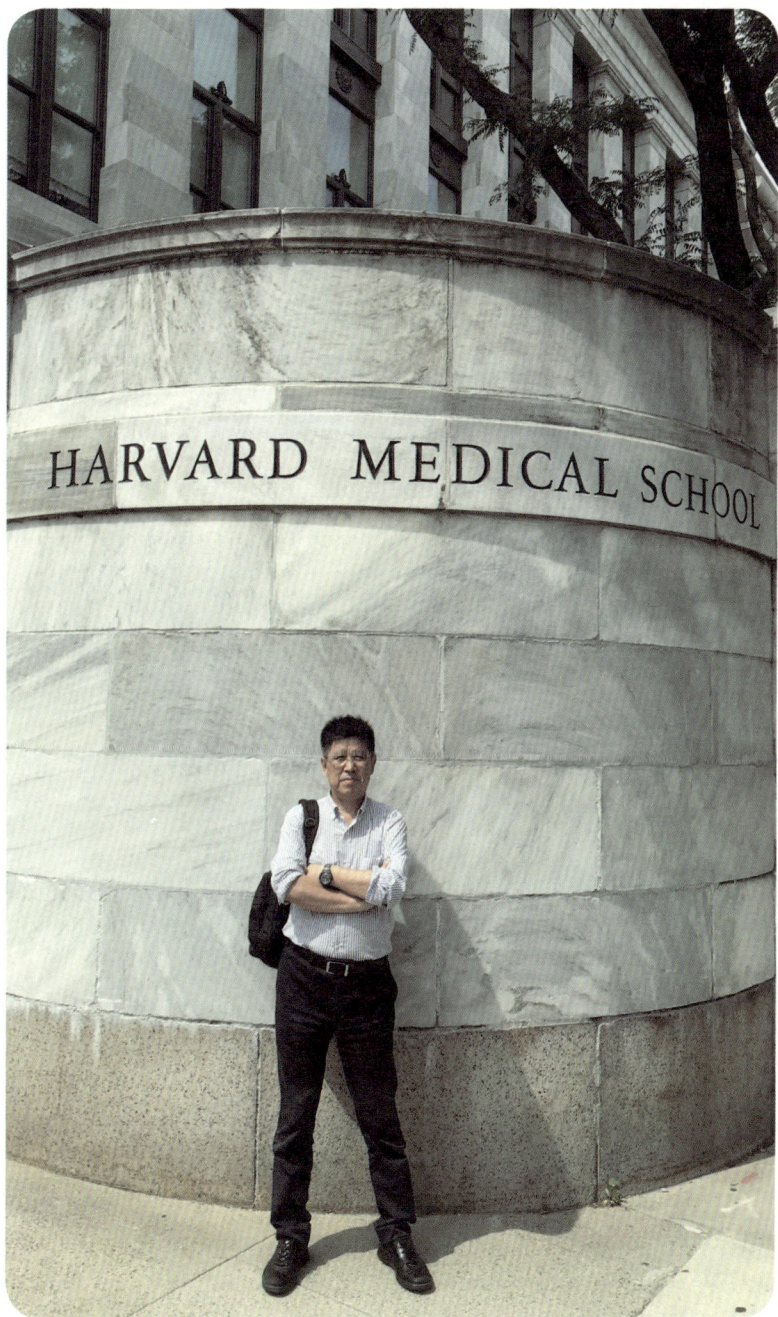

"好，那带您去艺术博物馆和湖边看看！"

美国虽然历史不长，但很重视文化和艺术，每个城市都有艺术博物馆。

芝加哥艺术博物馆是美国第二大博物馆，位于芝加哥市中心，密歇根湖湖畔，由三幢三层建筑组成。收集展品极为丰富，以绘画、雕塑为主，辅有建筑、摄影、手工艺、纺织等，时间跨度由公元前3000多年前古埃及的古陶乃至当代的波普艺术，以希腊、罗马、欧洲、美国的艺术品为主，兼收印度、东南亚、中国、日、韩、非洲与美洲的艺术品。

据说，藏品超过30万件，可以称之为"万国博物馆"。

芝加哥的密歇根湖面积在美国五大湖中排行老三。

湖面很大，很平静，不像大海那么波澜起伏。湖水清澈，走近可见鱼在游动。

密歇根湖是这个城市的空气调节器，湖和城市交融，非常美丽。

我和米米在湖边合影留念，小家伙笑得很灿烂，把我也感染了。

这次短暂的相聚中，我深切体会到我们爷孙俩的感情更近了一步，甚至都有点难舍难分了。

小家伙虽然在美国适应得很快，也能跟不同肤色不同国家的小朋友顺畅交流、玩耍，但是亲人的爱始终是她内心最熟悉的"乡情"。

这种爱是千山万水也隔断不了的。

晚上要回波士顿了，在机场，和女儿拥抱惜别，她说"爸爸再见"时突然哽咽，弄得我也开始眼眶湿润。

小米米见状，懂事地说道："姥爷，你下次来多住几天！"

听她这么一说，我们都破涕为笑。

此次美国之行，感触颇多。尤其是在异国和亲人相聚，别有一番感慨。

相聚，抑或是别离，都是我们人生中经常有的。

无论欢乐与悲伤，且都珍惜。

（写于2019年8月15日）

梦游胜境武夷山

9月13号至17号，全国眼科年会在福州召开，我和医院的几位同事赴闽参加了会议。

年会很盛大，据说有16000多人参加，反映出我国眼科事业的飞速发展。

福建是由福州和建州（建瓯）各取一个字，并称为福建，简称"闽"。闽江贯通福州城市南北。福州是有福之地，据说来的人也能沾沾福气。

会议第三天，我约几个眼科医生去了一趟向往已久的武夷山。

坐高铁去武夷山

早上6点钟起床，先是赶往福州北站，然后乘坐高铁一小时就到达了武夷山东站。导游说过去这要花6个小时。

这足以证明我国高铁技术的先进。技术引领速度。

接待我们的导游姓柯，长得清瘦又黑，操着闽南口音的普通话向我们介绍："来武夷山有三件事，登山、漂流和品茶。"

福建省森林覆盖率居全国前列。武夷山更高达80%以上。因此，景区空气非常清新，空气负离子指数很高，呼吸这里的空气也是一种享受。

这里有享有盛誉的36峰（包括天游峰、玉女峰、大王峰等）、99岩、三弯九曲溪，据说有108景。

我们攀登了天游峰。

| 登天游峰

天游峰位于武夷山风景区九曲溪中的六曲溪北面，地处景区中心位置。名字的由来是因为当有云海的时候，站在天游峰，仿佛置身于仙境，遨游于天宫，故名"天游"。

天游峰不高，海拔约408米，但是陡峭处65°以上，有888级阶台阶，跟爬天梯似的。

聊城眼科医院的任院长带了6岁的孙女来爬山，小姑娘年纪虽小但有活力，嗖嗖地胜过奶奶爷爷，爬上了顶峰。

在峰顶看九曲溪漂亮极了。河道曲曲折折，山环水绕，错落有致。

天游峰有上、下之分。一览亭左，是为上天游；下了崎岖丘，沿胡麻涧一带，是为下天游。

异乡美酒佳肴增友谊

中午，我们在漂流码头吃午餐。景区的饭店很是卫生干净，让人忍不住点赞。饭菜也是当地特色，淡水鱼和竹笋鲜美可口，当地的冰啤也适时地帮我们驱逐了炎热，舒服！

我和玉溪的杨院长、青岛的马院长和王院长一行开怀畅饮，品尝着异乡的佳肴美酒，举杯祝福，瞬间就加深了彼此的友谊。

第一次坐竹筏

来之前就听人说，游武夷山一定要坐竹筏游览。既然来了，自然不能错过。午饭后，我们就准备去九曲溪尝试一把竹筏漂流。

到了竹筏码头，导游购票，我们坐上了6人竹筏。

上竹筏前，有个领队告诉我们要给艄公小费，否则艄公不开心，不会做任何介绍（他们主要收入就是工资加小费）。为了让行程愉快，我们一上竹筏就给了小费。

第一次坐竹筏挺新奇的。九曲溪的河床很平缓且宽，水不深，水面平静。因为保护得好，水很清澈。

我们坐在竹筏上往水里望去，水下的石头清晰可见，还能看见一些小鱼在我们的竹筏两边欢快地游玩，煞是好看。

| 九曲溪

　　九曲溪次序是逆流而数。武夷宫前，晴川一带为一曲，到齐云峰下的星村镇为九曲。

　　山与水的完美结合是九曲溪旅游线路最突出的特色。曲折萦回的九曲溪贯穿于丹崖群峰之间，如玉带撒落山间，将36峰、99岩连为一体，构成"一溪贯群山，两岸列仙岫"的独特自然美景。

　　水绕山而行，山临水而立，仰角适中，滩潭交错。山不高却有高山之气魄，水不深而集水景之大成。身临其间，犹如漫步奇幻的山水画廊。

山俊水秀醉游人

  一个多小时的时间在艄公的介绍中愉快地度过。两边的青峰绿树，戏着清水碧波游动的鱼群，让人惬意。

  两面山似画，仙人水中游。感受着原生态的美景，我竟不知不觉在筏上睡着了……

  真可谓是——三弯九曲溪漂流，三十六峰九十九，仙人乘筏画中睡，山俊水秀醉游人。

（写于2017年9月19日）

一杯茶，一本书，一份尊敬

因为职业原因，我经常外出参加一些会议，辗转住过不少酒店。大多是商务酒店，各式各样却又雷同，短暂的憩息之处，并没有印象特别深刻的。

不过，上周去参加上海医交会，临走前一晚在机场附近订的一家酒店，却让我印象深刻。

这家酒店名叫"亚朵"。

去前台登记，服务员先递上一杯热茶。

在寒冷的冬夜，这样的一杯茶不仅暖了胃，也暖了心。

办理好入住手续，上楼前，我参观了一下酒店大厅。

整个大厅以暖色调为主，橘黄色的灯光、木质茶几、布艺沙发、绿植……而最引人注目的是书。形状不同的书架上，塞满了各类图书。

除了图书还有一些手绘工艺品。

零零星星的顾客坐在沙发上或椅子上，正看得入迷。

这充满人文气息的场景让我恍惚，像是走进了一家图书馆。

真不错！

我开始对这个"歪打正着"的酒店充满了好感。

进了房间，简洁温馨、充满艺术气息的灰白格调也让人耳目一新。床上用品和洗漱用品也都很有质感。

看到桌上木质托盘上摆着一套茶具，我赶紧烧水泡茶。

我是一个喜欢喝茶的人，每到一处对茶特别留意。有时出差，会自带茶叶茶具。

让我没想到的是这个酒店全套提供，而且茶品优质，一杯下肚，茶香怡人。

装修风格、人文氛围、服务细节……这些特别之处，让我意识到亚朵不简单。

上网一查，果不其然。

原来，"亚朵"出自云南怒江边中缅边境一个小村庄，是自然、静谧、温暖、朴实的象征。

亚朵酒店是以阅读和摄影为主题的人文酒店。

不同于其他酒店典型的商业性特征，亚朵CEO王海军倡导的是创造一个住宿品牌并形成一种生活方式，能够使旅客在紧张、疲惫的差旅途中，通过高品质的酒店设施、书籍、音乐、照片及感悟，获得舒适的住宿环境、放松的居停空间，能够在这里休憩、充电，得到心灵上的放松及人生感悟的共鸣。

的确，一杯茶传递了人文和关怀；一本书让人片刻流连，体味沉静……

这些无疑都为酒店的用户体验加了分。

强化人文定位，注重入住体验，跨越单一的住宿需求……这种创新的商业模式其实对医院服务也具有启示和借鉴意义。

现如今，人们不仅重视身体的治疗效果，也越来越重视医院的服务水平。一段时期以来，医院的医疗技术水平不断提高。设备不断完善，人文服务却相对缺乏。

现行的医疗模式普遍只注重躯体治疗而忽视人性关爱，医院往往只看到"病"而忽视了"人"，缺乏与患者的沟通交流，缺少人文关怀。

因此，造成了很多紧张的医患关系。

客观来说，当人患病后，疾病带来了身体上的痛苦，更带来了心理和精神上的不适。

如果医院在治疗过程中，考虑对治愈患者有益的各个方面，做到"以人为中心"，相信治疗效果会更好。

"患者需求至上"，这是青岛同德眼科医院一直以来践行的宗旨和努力的方向。

每一个患者都是有思想、有感情的人。我们医务工作者不仅要提供医疗技术服务，还要为患者提供精神的、情感的乃至文化的、艺术的服务。

就如亚朵，一杯茶、一本书……从暖人心的细节出发，见微知著，凸显人文关怀，让顾客感受到一份别致的尊重。

舒适、温馨、有趣！这是我此次入住亚朵的美好体验。接下来，我想带着医院的员工们好好学习一下"亚朵"理念，探索一下怎样在保证医疗质量和安全的前提下，更加注重人文，尊重人性。

（写于2018年12月22日）

一个充电插头的故事

回家收拾行李，看见这个充电插头。

很普通，甚至有点旧。

可它却引起了我对这次外出学习的美好回忆。

这次去广西百色学习。

由于最近事多，又走得仓促，我忘了带充电插头。

第一天到达目的地，在宾馆住下后想给手机充电，没找到插头，打电话给服务台，让服务员帮忙把电给充满了。

"真不方便！粗心大意，还给别人添了麻烦。"心里一边自责一边想，"明天一定要出去买一个！"

百色是革命老区。

百色起义是邓小平组织和领导的武装起义。

小平同志是中国革命的先驱，也是中国改革开放的总设计

师。他是我最敬佩的国家领导人。

来百色，也算是跟小平同志来了一次超时空的"亲密接触"。

第二天，我们前往百色市西林县。

西林县位于百色西北部，是广西、云南、贵州三界的交界处，人口约15万，主要是壮族、彝族。

陪同我们的当地领导介绍说，这里有杉木林30多万亩，砂糖橘40多万亩，森林覆盖率达80%多，空气和水都没有受到污染。

呼吸着新鲜的空气，喝着甘洌的泉水，心里不由想起了习近平总书记的话："绿水青山就是金山银山。"

下午参观学习结束后，我寻思，趁着空闲去附近买个充电插头吧。

结果，转悠了20多分钟也没找到手机店。正准备无功而返的时候，忽然发现一个五金店，进去看看吧。

"您好！请问需要什么东西？"一个30岁左右的女性店员跟我打招呼。

"请问有手机充电插头吗？"我问。

"有，我有，用我的吧！"

"我是想买一个！"

"哦，这里不卖，要买的话得去离这儿三千米的手机店。"

"哦……"我有点失望。

她见状说："我开车带你去买吧！"

我说："这样不妥，耽误你做生意。"

"那你自己开我的车去买吧，就在前边左拐……"她一边指引方向，一边跟我说。

见她如此真诚和热情，我心里不免有点"疑虑"。

再者，我一个陌生人，开别人的车也不好，于是婉言谢绝了她。

从她店里出来大约两分钟，她追上来说："先生，我这里有个旧的充电插头，还能用，你拿去用吧！你试试看，合适不合适？"

我欣喜，拿出手机一试，一切正常。

"太感谢了，多少钱？"

"不要钱，你拿去用好了！"

"不不不，一定要给你钱的，你帮了我一个大忙！"

最终，说什么人家也不收钱。

我拿着充电插头，再三言谢，并主动留下了联系方式，告诉她，有机会一定来青岛做客。

回到住处和大家说了这件事，大家都深受感动。

我又把这件事讲给陪同我们的当地同志，他充满自豪地说："我们老区人民都这样，乐于助人，助人为乐！"

的确！这里的人真挚朴实，热情好客。

这里的人和这里的空气、这里的风景一样，是原生态的美，是人之初的善。

感动！

走过那么多地方，感受过那么多的人情冷暖，这种"陌生"对"陌生"的信任，已经很久没经历过了。

暖心，暖意。

我打算把这个充电插头当作一个旅行纪念品保存好，把这个温暖的故事讲给更多的人。

（写于2019年10月19日）

雨季到台湾，看儿时神往的仙湖碧潭

　　今年5月6日，我去台湾参加2017年民营医院管理研讨会，会议休息期间，有幸游览了这个从小时候开始就心心念念的地方——日月潭。

　　日月潭位于台湾阿里山以北、能高山之南的南投县鱼池乡水社村，是台湾最大的天然淡水湖。据记载：其水不知是何来，潴而为潭，长几十里，水分丹碧二色，故称日月潭。

　　去日月潭的日子，一阵雨来一阵晴，给旅行增添了些许奇幻色彩。

　　下午乘缆车，从高处往下眺望，日月潭四面环山，层峦叠嶂、郁郁葱葱、湖水澄碧……整个画面尽收眼底，美丽极了。

　　真是"青山拥碧水，明潭抱绿珠"。

　　日月潭周长37千米，所以要借助轮船游览。

　　到了傍晚，我们坐船游湖，湖面辽阔，潭水绿得沁人心脾，清风徐来，令人心旷神怡。

　　日月潭四周有几处名胜古迹。其中，潭北山腰有文武庙，庙中有孔子像，左右有文昌君和关羽像。潭南有青龙山，地势险峻，树木苍郁茂密。山麓中有玄光寺，从玄光寺拾级而上，就到了玄奘寺，寺庙金碧辉煌，寺中有一小塔，玲珑精致。

　　在湖上，我们还见到了过去邵人捕鱼的工具。据说，这叫"浮填诱鱼法"，是在竹排上种植水草，并使用绳索系在湖边，形成人工草坡，水草引来鱼群游入竹排，族人便可轻易捕捉。

　　而说到捕鱼，就不得不提一下这里的"总统鱼"。相传这是当年蒋介石最爱吃的一道美味，刺儿多，但味美。

　　当天晚上，喝着金门高粱酒，吃着"总统鱼"，还真是别有一番口福。

　　游览日月潭必吃的还有阿婆茶叶蛋，也值得点赞，就在玄光寺旁边。

　　导游说，阿婆叫邹金盆（所以阿婆茶叶蛋也叫"金盆茶叶蛋"），从20多岁开始在日月潭玄光寺码头旁卖茶叶蛋，至今已50多年了，她卖的茶叶蛋被誉为"全台湾最好吃的日月潭茶叶蛋"。

　　果然百闻不如一"吃"！茶香四溢，滑嫩入味。相传，阿婆茶叶蛋有着自己独特的配方和多道制作工序，一个生鸡蛋变成阿婆茶叶蛋，至少要5个小时。

因为生意好，阿婆的摊位如今也成为观光景点。

日月潭一年四季，早晨和晚上，景色不同。

导游告诉我们，最美的景色是清晨。

所以，第二天早晨，我5点就起床了。当时的湖面静极了，小雨蒙蒙，云雾四起，日月潭好像披上轻纱，周围的景物一片朦胧，就像童话中的仙境。

等太阳升起，一会雾中透光，一会彩虹灿烂，魔幻般的变化映着湖面，山的倒影衬托着湖面小船，构成一幅幅神奇的画面。

漫游日月潭的街头，会看见一些原住民艺人，他们或唱歌或演奏乐器，勇敢表演，为糊口，也为热爱。

街头即舞台，他们唱得真好，打心里为他们鼓掌！

世间处处是风景。

日月潭走了一趟，亲眼见到了那个心驰神往的仙湖碧潭，领略了风光旖旎的台湾，此刻回味，其乐依旧。

（写于2017年6月30日）

后记

我的父亲H先生

H先生跟我约稿后，我一直在想，要以什么角度来写这样一篇文章。做了H先生将近40年的女儿，我所看到和铭记于心的关于他的一切，自然不能在一篇短文中尽作表达。但我最了解的，无疑还是作为我的父亲的他。

那他到底是个什么样的父亲？

他把不到学龄的我送进小学一年级的课堂。开学时，他带我去买了一大盒铅笔，一支支削好，再给每本书包好书皮。在考试前一天晚上，他又给我削好一堆铅笔放到文具盒里。

到了小学三四年级，我开始喜欢读书。有一次，我买了一本《安徒生童话》，一两个星期后，我去跟他要钱买书。他问，你不是刚买了一本吗？我说我都读了很多遍了，现在想买新的。他让我把书拿过来，说了其中一个故事的篇名，问我这个故事讲了什么。我从第一句开始，一字不差地背完几段后，他又问了几个故事。最后他笑着说，这些故事里怎么那么多巫婆！好了，你买书需要多少钱？从那以后，只要是买书，他从来都是要多少钱就给多少，也不过问我到底买了些什么书。

临近高考，有一天，我吃着午饭，突然趴在桌子上哭了起来。他说，下午不要去上学了。接着，他给班主任打电话，说我身体不舒服，然后什么都没问，开车带我去崂山玩了一下午。从那天开始，直到高考结束，我再也没焦虑过。

刚到北京上大学时，我遇到了一件难事，只好给他打电话，几个小时后，他便出现在我宿舍楼门口。读硕士时，我宿舍有位同学的作息日夜颠倒，我睡眠不足，加上学业压力大，几乎神经衰弱。有一天晚上，失眠的我站在校园里，一边哭一边给他打电话，他听完后，立刻说，你出去租房住吧，找个酒店住些天也可以，需要多少钱我给你。

想起这些事情，我就想到我妈经常笑着说：你爸可真会惯孩子。我妈为了证明她的观点，还经常举另一个例子：婴儿期的我，在高热惊厥的间隙，清晰地叫了声"爸爸"。他，一个医生，居然立刻泪流满面不能自已。

那他到底惯不惯孩子？小时候，每次一下雨，校园门口便会站满来接孩子的家长。我从不费劲在人群里找我爸妈，因为我知道他绝对不会来接我，也不让我妈来接我。

如今，我在养育女儿的过程中，困惑之时，回溯自己的童年直至成年，试图从中寻找启发和答案，这些事情总会出现在我的眼前。

　　——后来我才知道，他送我上一年级时，跟校长说的是，让她跟着上上看，跟不上可以留级。然后他就每天盯着我，或者找人给我补课了吗？并没有。他只是在开学前和考试前，用他的方式让我知道，上学、考试都是很特别的事情。而在这期间，我到底能不能跟上，全看我自己。后来，作为全班最小的学生，我考了第一名。所以，早在那个时候，他就用他的方式，给了我独立的空间、试错的机会和充分的信任。而这其中，最珍贵的，便是试错的机会。家长总担心孩子"走弯路"，总希望孩子用最小的代价换来最好的结果。但每一个错误，都可能是搭建未来的构件，有的错误证明孩子能力不够，有的错误证明这条道路并不适合这个孩子。这样的错误，都是珍贵的、重新审视和调整人生方向的机会。而所谓培养孩子的"抗挫能力"，并不是人为挖一个坑等孩子跳进去，以便高高在上地训斥孩子："看，我早就说过了，你不听，现在吃亏了吧。"这样对待错误，只会让孩子把错误和"无能"甚至"屈辱"联系在一起，并不会让孩子在检视错误时，真正认识到错在哪里，更加难以意识到，犯错很正常，而修正错误并不难，是一种可以学习的能力。

　　——他能抓住我的每个求救信号，在我真正需要帮助时，从来没有说过：这算什么问题，你为什么不试试自己解决？因为他知道，冒雨回家，是我应该自己解决的问题，而有些时候，如果没有他的帮助，我无法应对。父母都希望把孩子培养成有勇气、不害怕挑战的人。当面对未知结局，一个认为"搞砸了没关系，我爸妈会相信我尽力了，也一定会帮我"的孩子，和一个认为"搞砸了就完蛋了，我爸妈不会帮我还会骂我"的孩子，谁会更有勇气和底气？回望过去，我从未因为恐惧未知而不敢做出某个重大决定，因为我始终能够感受到，我的任何想法都会被父母接纳，而且，即使我失败了，他们也会回应我的求助，理解我所面临的困难和压力，他们不会评判我甚至羞辱我，只会尽己所能给我支持。

——虽然他毫不畏惧看我吃苦、看我犯错，从不试图"安排"我的人生，但在一些重要的节点上，他又总会具有预见性地推我一把。他请私人家教来教小学三年级的我学习英语，在20世纪80年代的小城，这并不多见。他自然不会知道，日后我会以研究外国文学为业，但他期待我有了解其他文化、睁开眼睛看世界的能力。直到今天，我仍受益于他这样的视野和胸怀。

多年后，当我4岁的女儿进入美国幼儿园，因为语言不通、环境陌生而恐惧不安时，我并没有像很多家长建议的那样，"扔下就走"，而是抱着电脑，坐在她教室的角落里，一边工作，一边陪她上了十几天学；我努力记住她每个同学的名字，和她一起交朋友；每周问老师下一周的学习主题，提前从图书馆借好书，带她先做些准备；每天下午都早早去学校，保证她一放学就能看到我。几个月后，她会为我太早去接她而发脾气，对我问"今天在学校有什么开心的事吗"感到不耐烦。于是，我知道，她已经不再需要我在"上学"这件事上再做什么了。我也是在这个时刻，突然明白了我的父母在养育我时，所拥有的智慧：在我需要支持时，站在我身边；在我需要空间时，和我保持距离。这说起来容易，但如何判断何时在这两种模式中转换，却是一个挑战，需要一种用心体察孩子的能力。当我不再详细询问女儿在幼儿园的经历和感受时，我并不是撒手不管——我看到她每天上学路上的雀跃、和同学的友好互动，便知道她心情愉快、心理健康；看到她的作品经常出现在幼儿园每周发给家长的总结简报里，便知道她各方面的能力正在进步，并不逊色于美国同龄孩子。如此，我自然可以放手让她自由生长。

所以，我父母教会我的，便是这样一种"高支持、低控制"的育儿方式，用心观察和理解孩子，同时提醒自己，父母和孩子，是彼此独立的个体，养育孩子的目的，是让她未来能独立面对自己的人生。所谓"父母之爱子，则为之计深远"，当父母把眼光放到10年后、20年后，便会知道当下的自己应当怎样做，以及什么问题是真问题，而什么只是细枝末节。在养育女儿的这些年里，我经常自省，觉得为人父母，实在是一件很难的事。我的父母，对我言传身教，给予我爱和信任，从我读什么书、选什么专业，到找什么工作、和什么人结婚、在哪里生活，我生命中的每一个重大决定，都由我自己来做。他们从不试图"塑造"我，更加没有市恩贾义，试图把我的人生和他们的观念捆绑在一起。我知道，在这一切的背后，不光是一种能力、一种智慧，更是一种纯粹的、毫不自私也毫无保留的爱。

黄晓晨

2021年3月

图书在版编目（CIP）数据

时光还在那儿 / 黄云贵著. —青岛：中国海洋大学出版社，2021.5

ISBN 978-7-5670-2831-9

Ⅰ.①时…　Ⅱ.①黄…　Ⅲ.①中国文学—当代文学—作品综合集　Ⅳ.①I217.2

中国版本图书馆CIP数据核字（2021）第099272号

出版发行	中国海洋大学出版社		
社　　址	青岛市香港东路23号	邮政编码	266071
网　　址	http://pub.ouc.edu.cn		
出 版 人	杨立敏		
责任编辑	郑雪姣	电　　话	0532-85901092
电子信箱	zhengxuejiao@ouc-press.com		
印　　制	青岛海蓝印刷有限责任公司		
版　　次	2021年5月第1版		
印　　次	2021年5月第1次印刷		
成品尺寸	160 mm × 240 mm		
印　　张	18		
字　　数	210千		
印　　数	1～10000		
定　　价	68.00元		
订购电话	0532-82032573（传真）		

发现印装质量问题，请致电13335059885，由印刷厂负责调换。